JN151452
外れスキル
《ショートカットコマンド》で
異世界最強
～実家を追放されたけど、俺だけスキルの真価を
理解しているので新天地で成り上がる～
夜分長文　原案：はにゅう

「こ、こほん。私はアンナ。王都の冒険者をしているよ」
少女は、優しそうな表情を浮かべて俺に手を差し出してくる。
アンナ

お、女の子が俺に手を……
これはつまり
握手を求めているということだよな。
リッター

しかしこんな高さから
降りる方法なんてあるのか……？
「あります！
まあわたしの手を握ってください！」

「手……手を握るのか!?」

「そうです、握るのです！」

そう言って、エイラは
俺に向かって手を差し出してきた。

エイラ

「アンナ、エイラ」
「分かっているわ」
「ええ。言いたいことは理解してます」

俺は涼しい笑顔を浮かべるアグへ
《絶対零度》を発動する。
アグ

イダトが放ってきた一撃を剣で防いだ。
『ギチチ』と音を立てながら、
お互いの剣が軋む。
イダト

外れスキル《ショートカットコマンド》で異世界最強

～実家を追放されたけど、俺だけスキルの真価を理解しているので新天地で成り上がる～

・

著：夜分長文
原案：はにゅう

ハガネ文庫

カバー・口絵・本文イラスト
Cover/frontispiece/text illustrations

●

茨乃
Shino

Contents

プロローグ

(俺……何やってたんだっけ？　それにここは……)

目が覚めると、俺は知らない天井を見上げていた。

俺は確か実家で自宅警備員をしながらゲームをしていたはずだ。毎日夜の十九時に目が覚めて、そこからずっとゲームと動画視聴をし、朝の九時に眠るだけの生活を送っていたはずだ。いわばうんこ製造マシンだったはずなんだが……。

まるでファンタジーゲームみたいな内装をしている部屋だ。

なんていうか、色々と絢爛《けんらん》で日本の家屋とは乖離《かいり》している。

(なんだこれ。声も出ないぞ)

声を出そうとするが、息が漏《も》れ出るだけで何も言えない。

「神官様、私たちの息子リッターのスキルは？　きっととんでもないスキルを持っているのでしょう？」

「当たり前だろ！　この子は我がアルタール家の息子なんだ。きっと同じ《剣聖》のスキルを手に入れるはずだ！」

この人たちは誰だろう。俺のことを息子リッターって……俺はこんなファンタジーな服を着た両親なんて持っていないんだけど。

俺はどうにか顔を横に動かす。

（……え？　なんだこれ？　赤……ちゃん？）

たまたまあった鏡に部屋の様子が映っていた。

そこには、小さな手を頑張って動かしている赤ちゃん――もとい俺の姿があった。

（転生したのか？　いやいや、そんなわけないだろ……）

俺はあまり自由に動かない手を使って、頬をつねってみる。

（普通に痛い……夢じゃないのか？）

いやいや……でも馬鹿げているだろ。きっと夢だ。俺は恐らく現実世界で爆睡してしまっていて、明晰夢《めいせきむ》でも見ているのだろう。

なんて考えてみたのだが、周囲を見て冷静になる。


(これ……夢じゃないな。あまりにもリアルすぎるわ)


状況があまり理解できないが、このようなシチュエーションは漫画で見たことがある。

ということは俺は現実で死んだのか？

死因は思い出せないが、あんな惨《みじ》めな状況で死んじまったのか。

家に引きこもってゲームだけして。まあ家族は俺が死んで少しは楽になれたことだろう。

……でも、家族には恩を返したかったな。

もっと、頑張りたかった。

(よし。今世では精一杯頑張ろう。後悔しない人生を送るのが第一の目標だな)

俺は心の中で決心した。

とりあえず第一は家族のことを知ることだ。

まだ赤ちゃんだから自分の名前がリッターということしか分からないけど、これからゆっくりと――。

「この子のスキルは《ショートカットコマンド》です。過去に一度だけ出た例があった珍しいスキルではあるのですが……しかし……」

その言葉に、父親は怒鳴《どな》る。

「つまりどういうことだ！　当たりなのか、外れなのか、どっちなんだ！」

神官と呼ばれていた人は気まずそうにしながらも、俺を見て答えた。

「過去にこのスキルを手にした者は、まともな戦力にもならずに迫害されたという話があります。スキルの能力自体も不明な点が多く、大変言いにくいのですが外れかと……」

神官が俺のことを可哀想《かわいそう》な目で見てくる。

それに外れスキル……って言ったか？

俺のことで合っているんだよな……？

「……あなた。この子はもうダメですね」

「ああ。期待していたのに外れだな」

第一章　俺はどうやら外れスキルを得たらしい

あれ？　待って待って？

俺これから家族のことを知ろうって思ってたのに、早速ゴミを見るみたいな目で見られているんだけど。

もしかして捨てられる？

俺は慌てるが、声が出ないから何もできない。

「神官、双子のもう一人の方。イダトの方はどうなんだ？」

「そうです！　イダトの方は!?」

イダト……？

俺が隣を見ると、もう一人赤子がいた。

赤ん坊のくせに、なんかこっちを見てニヤついてやがる。

「……！　イダト様の方が《剣聖》です！　さすがですね！」

「本当か！　さすがは私の息子だ！」

「よかった！　あなたこそが私の息子よ！」

イダトと呼ばれた方は両親にちやほやされていた。

……なんていうか、俺この世界でも苦労しそうだな。

だけど、この時の俺は自分のスキルをあまり理解していなかった。

俺が手に入れた《ショートカットコマンド》というスキルは、決して外れスキルではないことを。周囲は《剣聖》をもてはやすが、《ショートカットコマンド》の方が何百倍もすごいチートスキルだということを。

◆

「よし、《ファイア》の記憶完了っと。あとは俺のスキル《ショートカットコマンド》が発動できているか確認するだけだな」

なんやかんやで捨てられることなく、無事育った俺は十五歳を迎えた。

異世界の勝手も分かってきたんだけど……俺は案《あん》の定《じょう》家族の中では疎《うと》ましく思われていた。

この世界は生まれた時にするスキル鑑定の儀式で将来の運命が決まってしまうらしい。

安定なのが《剣聖》や《勇者》。俺の双子の兄であるイダトが引き当てていたものだ。

これを引き当てれば将来は安泰《あんたい》と言われている。

だけど外れスキルと呼ばれるものを引き当ててしまうと、色々と苦労してしまうらしい。

特にアルタール家――どうやら伯爵《はくしゃく》の地位を持つ貴族の家らしいのだが、この家では外れスキルは特に嫌われていた。

「リッタ――！　お前は相変わらず変なことをしているな！　おらよ！」

突然イダト兄さんがやってきたかと思えば、俺の肩を思い切り突き飛ばしてきた。このような暴力行為は日常茶飯事《さはんじ》なので慣れたものだけれど。

「なんだよイダト兄さん……また馬鹿にしに来たんですか？」

「おいおい、馬鹿にしているわけじゃないぜ？　可哀想な弟を哀れみの目で見に来ただけだ！」

んで、イダト兄さんは《剣聖》を引いたから家族によしよしされて育ってきた。

自分が弟である俺より優れているのは分かっているから、こうしていつも馬鹿にしてくる。

全く……この人は俺ばっかりに構って暇なのか？

「僕がお前に当たりスキルの実力を見せてあげようか？　僕が持つ《剣聖》のスキルの力を！」

イダト兄さんが考えていることはお見通しである。どうせスキルを見せつけるといった建前で、俺に暴力を振るうんだ。相手にしてはいけない。

「大丈夫です、今忙しいので。コマンドオープン」

実際忙しいのは事実だ。

俺が手を目の前にやると、空中にゲームのようなコマンドが表示される。

《ファイア》を魔導書から記憶しました。

あなたが使用できるショートカットコマンド一覧

・《ヒール》
・《ブリザド》
・《ファイア》NEW!

よし、俺のスキルは無事機能しているらしい。

俺のスキルはどうやら魔法を記憶し『無詠唱《むえいしょう》』で発動するというもの。神官はこのスキルを外れだと言っていたが、恐らく過去に手にしたことがある人間はスキルの真価を理解できていなかったのだろう。

実戦では扱ったことがないから未知数だけど、この世界の魔法の発動は詠唱が基本なので少しは強い……と思う。今はこれだけしか使えないが、魔導書が手に入るともっと魔法が使えるようになるはずだ。

「僕の話を無視してなんで魔導書なんか見てんだよ！　寄越《よこ》せ無能がぁ！」

「あっ……」

そう言って、イダト兄さんが俺の持っている魔導書を奪ってきた。

これ……やっと手に入った魔導書だったのに。

俺の家族は魔導書を買い与えてくれないから、かなり貴重なものだったんだけれど。

「あの……兄さん、返してください」

俺がどうにか手に入れた貴重な魔導書なのだ。彼が何を考えているのかは知らないが、もしも奪われてしまったら俺の頑張りが報われない。

イダト兄さんが握っている魔導書を取り返そうとする……が、彼はニヤニヤと笑いながら俺から逃げていく。

奪い返そうにも、そもそもの身体能力が違いすぎて全く取り返すことができない。

「そんなに魔導書が大事なのか。そうかそうか、なら僕にも考えがあるぞ」

イダト兄さんは俺から少し離れた場所で立ち止まり、魔導書を地面に投げ捨てる。

「ちょっと！」

貴重な魔導書が地面に捨てられて、思わず俺は叫んでしまう。

普段の俺なら絶対に言わないセリフなのだが、それほどまでに大切な魔導書だったんだ。

「こいつをなぁ……こうしてやる！」

そう言って、イダト兄さんは剣を引き抜き——思い切り魔導書を斬った。

綺麗《きれい》に真っ二つになった魔導書だったものを見て、俺は愕然《がくぜん》としてしまう。

「お前にはこんなもの不相応だっての。勉強したところで、僕との差は埋まらないってのに」

最低だ……こいつには本当にムカついてしまう。しかし、怒ったところで彼には全く意味をなさない。なんたって、彼には父上という絶対的な味方がいるのだから。

俺は唇を噛《か》みしめ、拳をぎゅっと握る。

「まあいい。リッター、お前に父上から話があるらしい。こっちに来い」

「……父上が俺に？」

父上は、というか両親は俺に無関心だ。

やっぱり外れスキルを持っている俺には興味がないらしい。イダト兄さんには家庭教師を付けて熱心に教育しているが俺にはないし、毎日の食事だって「お前の顔を見ながらだと不味《まず》くなる」という理由で一人で取らされている。もちろん、イダト兄さんが俺に振るっている暴力だって黙認《もくにん》されている。

そんな感じなのに、一体どんな話なんだろう。

だけど、俺に待っていたのはあまりいい話題ではなかった。

◆

「リッター、お前をアルタール家から追放処分とする。さっさと出て行け」

「え……父上？　本気で言っているのですか？」

「父上と呼ぶな。お前はもう家族ではない、呼ぶならアルタール伯爵と呼べ」

「ははは！　まさか父上がお前を追放処分にするなんてな！　父上、いい判断です！」

……マジか。俺、追い出されるのか。

自分なりに頑張ってきたつもりだったんだけど……やっぱり、父上は認めてくれなかったか。まあこの家にいても色々とできないことも多かったし、別にいいのか？

だけどイダト兄さんは相変わらずムカつく。

努力なんか何もせず、毎日遊んで暮らすだけ。そんなやつに負けていると考えると、俺は悔しくて仕方がない。当たりスキルを得た勝ち組は楽そうでいいよな。

「分かりました、追放処分は受け入れます。……俺はもう自由ってことでいいんですよね？」

でも、冷静になってみると正直せいせいした。普段から虐《しいた》げられてきたが、やっとそれから解放されるんだ。

外の世界で生きていけるかどうかは分からないけれど、少なくともこの実家にいるよりかは何倍もマシだろう。

「ふん。確かに自由だが、お前のような無能が生き残れるとは思えんがな」

「そうだそうだ！　無能のリッターはどうせそこら辺で死ぬだろうな！」

……俺はどうやらそこら辺で死ぬって思われているらしい。まあ俺が持つスキルはこの世界では外れなんだ。当たり前と言えば当たり前だけど。

「……もういいですね。俺は出て行きます」

だけど、追放されたことによって俺は誰にも邪魔されることなく自由に魔導書を触れるようになるはずだ。

外れスキル認定された俺が生き残る方法は、頑張って力を付ける他ない。

「ははははは!!　無様だなリッター!!」

「ふん。お前は最後の最後まで力不足だったな」

イダト兄さん――いや、もう兄さんじゃないか。

イダトとアルタール伯爵は俺のことをゴミのような目で見てくる。

とはいえ、何年も世話になった家を出て行くのは悲しいものがある。気にしすぎはダメなんだろうけれど……。俺は大きく息を吐いた後、家を出て行くことにする。

一人で生きていくってのは大変だけど、頑張れば意外となんとかなるかもしれないし。

「とりあえず町に行かないとな……だけどアルタール伯爵家付近の町は嫌だから遠くの方へ行かないと」

さすがにアルタール伯爵が治めている領地の首都なんかには行けない。

だからある程度離れた場所に移動しなければならないわけだけど。

俺は草原を歩きながら、頭を悩ませた。

◆

「どこだろう。ここ」

早速迷っていた。あまりこの世界の土地勘《とちかん》があるわけではない。

自分がどこにいるのか、どの町に向かえばいいのかなんて未知だ。

「誰かに聞く……と言っても人がいないしな」

なんせここは草原なのだ。町や村ではないのだから、当然人なんていない。

とりあえず歩きながらたまたま人間と出会うことを祈るしかないか。

「……あれ？　なんだ？」

歩いていると、ふと悲鳴のような声が聞こえてきた。

顔を上げてみると、魔物に襲われている少女の姿が見えた。

魔物をあまり知らないから名前とかは分からないんだけど、なんか大きいトカゲみたいだ。

「た、助けて！　誰か！」

なんでこんなところに一人で少女がいるのかとも思ったが、今はそれどころではない。

なんたって女の子が一人で魔物に襲われているのだ。俺がここで見捨ててしまえば、恐らくは彼女は死んでしまうだろう。

とにかく彼女を助けないと！

実戦経験がないからどうなるかは未知数だが、ここはもう覚悟を決めるべきだ。

「手を貸します！　ちょっと待っていてください！」

そう言って、俺は彼女の前に飛び出した。

「き、君は……？」

「俺はリッターです！」

俺は魔物を見据《みす》える。やはりこのトカゲは大きい。

魔物と戦った経験がないから、こいつがどのような相手なのかは分からない。

だが……トカゲだからそこまで強い魔物ではないはずだ。

俺が記憶している魔法でどうにかなればいいのだが。

「でも相手は……!?」

「《ファイア》ッッ!」

俺が手を掲げると、一瞬にして魔法が放たれる。秒数にして0・1秒程度だろうか。真っ直ぐ放たれた炎は相手を包み込み、メラメラと燃やす。だが、あまり効果は見られないようだった。恐らく炎属性があまり相性がよくないのだろう。

「《ブリザド》ならどうだっ!」

俺は無詠唱で魔法を放つ。すると、どうやら氷属性には耐性《たいせい》がなかったらしく明らかにダメージを喰らっていた。弱点が分かったならやることは決まっている。

それは《ブリザド》を連続で放つことだ。

馬鹿の一つ覚えみたいだが、今の俺は生憎《あいにく》と他に攻撃魔法を知らない。

格好は悪いが討伐《とうばつ》できたらそれでいい。

「はぁぁぁッッッ!」

連続で相手に攻撃をしていると、目の前のトカゲは次第に力を失い倒れた。

よしっ。討伐は完了だ。案外俺の能力も実戦では使えるらしい。

まあ見た目からして大きなトカゲ相手だから、そこまですごくはないかもしれないが。

俺は手を払って少女に近づく。

「大丈夫ですか？」

「え、ええ……!?　君！　相手はドラゴンじゃないんですか？」

「ドラゴン……？　あれってトカゲじゃないんですか？」

「トカゲじゃないよ!?　っていうか、君……魔法使うとき、詠唱してた？」

一瞬彼女が何を言っているのか理解できなかったが、どうやら俺の魔法を見て驚いているようだ。確かに俺は魔法を無詠唱で発動できるから驚いてもおかしくはない。

「詠唱はしてないです。俺の能力で詠唱しなくても魔法を使えるんですよ」

「なにそれ!?　そんなことありえるの!?」

だけど、ここまで驚かれるとは思わなかった。というか俺が討伐したのはトカゲではなくドラゴンらしい。ドラゴンってあれだよな。ゲームとかで出てくるトカゲみたいなやつだよな？

俺あんまファンタジー系のゲームしないから知らないんだよな。

基本的に、現代舞台のギャルゲばっかやってたし。

それに、俺はこの世界のことを詳しいわけではない。イダトとは違って勉強なんてまともにできる環境じゃなかったし、俺の存在自体が恥とされていたからあまり外にも出たことがなかった。

さっきの……強い魔物だったのだろうか。

それよりも、この少女は俺が無詠唱で魔法を扱えていることに気がついてくれたらしい。

ふふふ……やっぱりすごいのかな。

「こ、こほん。私はアンナ。王都の冒険者をしているよ」

アンナと名乗った少女は、優しそうな表情を浮かべて俺に手を差し出してくる。

お、女の子が俺に手を……これはつまり握手を求めているということだよな。

……手汗とか大丈夫かな。俺、こんなの初めてだし……。

「ええと……俺はリッターです。ついさっき家を追い出された家なき子」

服で手汗を拭《ぬぐ》って、俺はアンナさんの手を握る。うわ……すごく柔らかい。

これが女の子の手のひらか……男の俺と全然違う……ごつごつしてなくて……なんだか安心する。というか、なんだか良い匂いがする。これが女の子の匂いか……グッドスメル……いや、『Good smell』と言うべきだな。

それにしても王都の冒険者か。ということは、かなり都会っ子ってことだな。

俺は田舎《いなか》育ちだから、あんまり変なところを出さないようにしないと。

「君について、私色々と聞きたいかも。助けてくれたお礼をさせてくれない？　あと敬語じゃなくていいよ。私より強そうだし」

敬語じゃなくていいだなんて……なんて優しい女の子なんだ。

俺なんて前世では女子には敬語でペコペコしていたのに。

「いやいやお礼なんて……あ、俺今アルタール伯爵領外の町を目指しているんだ。よければ案内してくれないかな？」

そう言うと、彼女はにっこりと笑って頷《うなず》く。

「いいよ。せっかくなら私が活動している王都で少し話がしたいかも。馬車代は私が出すから来てくれない？」

王都か。王都なら伯爵も手が届かないだろうし、ちょうどいいかもしれない。

俺はこくりと頷き、彼女と一緒に王都まで向かうことにした。近くの村まで案内された俺は、彼女の奢《おご》りで馬車に乗った。女の子に馬車代を出してもらうのは申し訳ないんだけど、持っているお金なんて一銭もないから……。

「ところでさっき言っていた能力ってスキルのことだよね？　どうやってるの？」

そんなことをアンナが聞いてくる。とはいえ……どうやって発動しているか、か。

「うーん……俺のスキルがそういう性質だから特に考えたことないかも」

あまり難しいことは考えたことがなかった。

使えているから使っているという、元も子もない理由だし。

「……君のスキルって《賢者》とかだったりする？」

「そんな大層なスキルじゃないよ。ただの外れスキル。実際、スキルが理由で家を追い出されたし」

そう言うと、彼女は目を見開いて驚く。

ありえないことを言っているような目で見てきているけど、俺は実際にこのスキルのせいで追い出されたんだ。

まあ魔法を記憶するだけだなんて、あまり強いスキルじゃないのは事実だと思うけど。

「失礼かもだけど、君の両親って馬鹿？」

「馬鹿じゃないけど……嫌味な人だったかなぁ……」

あまり自分の家族についてそう言いたくはないが、実際そうなんだよな。アルタール伯爵は頭が固いし、イダトは馬鹿にしてくるし。母さんはいつの間にか出て行ったけど、最後の最後まで俺のことを外れだと罵《ののし》ってきたし。

考えてみると、俺の家族色々と最悪だな……。転生って普通は恵まれた家族のもとに生まれるものじゃないのか？　俺の転生先を決めた女神はどうなってるんだよ。多分俺の割り振りをする時、俺の担当女神は三徹目《さんてつめ》でまともに思考ができない状態で、意識朦朧《もうろう》としながら転生先を決めたのであろう。ふざけるなよマジで。

「まあいいや。ところで、君に提案があるんだ」

「俺に提案？　あ～……マルチ勧誘とかやめてくれよ？」

よくよく考えてみたら、知らない人に何も考えずついて行っちゃっているんだよな。

もしかしなくても変な勧誘を受けてしまう可能性はある。

「ま、まるち？　よく分かんないけど、怪しいことじゃないよ。でもでも、勧誘なのは間違いない」

言いながら、アンナは微笑を浮かべる。

「私のパーティに参加してみない？　ちょうど仲間を探しててさ。君みたいな特殊な人間が欲しかったんだよ」

仲間を探していたのか。でも……俺なんかを誘っても仕方がないような気がする。

「……いいの？　俺家族から縁を切られたばかりの無能だけど？」

「いいのいいの！　私の見立てでは、君は案外才能があるかもしれないから。王都に着いたら仲間にも紹介させてよ」

「うーん……でも」

彼女はそう言ってくれているが……俺は迷ってしまう。

「なに？　条件交渉ならある程度なら考えてあげる」

マジか。俺なんかをスカウトするために交渉に応じてくれるだなんて。俺のことを有能な人間と勘違いしていないか？　交渉だなんて、俺のような人間にすることでは決してない。

確かに俺は魔法を記憶して無詠唱で発動することができるけど……今の俺は正直強い魔法なんて持ち合わせていない。

……待てよ。しかし交渉に応じてくれると言うのなら、少し俺も話をしてみてもいいかもしれない。

「魔導書が読みたい、かな」

正直、断られるだろうと考えていた。なんたって、魔導書というのはかなり高価なものだ。到底《とうてい》見ず知らずの人間に買ってあげるだなんて言えるものではない。

「いいよ。いくらでも買わせて。君が強くなるために必要とするならばどんなものでも」

「……強力なやつでも？」

一応……聞いてみることにした。

「もちろん。でもどうして魔導書なんて読みたいの？」

アンナが首を傾げて聞いてくる。

そうか、まだ彼女に俺のスキルがどんなものか教えていなかったな。

「俺のスキルは魔導書に載っている魔法を記憶して、無詠唱で発動できるってもの。だからもし強い魔法が載っている魔導書が読めたら……ってな」

「……それ本当？」

「うん。ごめん、もしかして弱すぎて驚いちゃった？」

「……分かった。いくらでも君に投資してあげる。だから絶対にパーティに入ってね！」

そう言って、彼女がぐっと顔を寄せてくる。

「え、ええ」

ええと……俺何か変なことでも言っちゃったかな？

◆

「うー……！　やっと王都に着いたぁ～！」

「ありがとうアンナ。お金出してもらっちゃって」

王都に着いた俺は、アンナにペコペコと頭を下げていた。

やっぱり女の子にお金を出してもらっちゃうなんて、申し訳ない気持ちが大きい。

「いいのいいの！　それじゃ早速仲間に紹介したいから、ギルドまでついてきて！」

「うん。分かったよ」

彼女が手招きをしてくるので、俺は背中を追いかけることにした。それにしても王都ってのは本当に建物も大きいし人間も多くいる。田舎出身だから、人混みだけで酔ってしまいそうだ。

数多くの人間が行き交う大きなメインストリートを歩いていると、次第に冒険者らしき人たちが多くなってきた。そして、その冒険者たちが入っていく巨大な建物が見えてくる。

「ここがギルドだよ」

「おお～……ここか」

やはり街の規模に比例して、冒険者が集う場所もかなり大きなものだ。

俺が半ば圧倒されていると、彼女がにこりと笑う。

「先入ってて。私、仲間呼んでくるから」

「分かった。それじゃあ先入ってる」

俺はそう言って、ギルドの門をくぐった。

すげ～……筋肉質な冒険者だけじゃなくて可愛い女の子もいる。

うわ。しかも女の子の装備がすごくエロいんだけど。冒険者なのにビキニを身につけている子もいるぞ……あれが俗に言うビキニアーマーというやつか……防御力どうなってんだろあれ。

少しばかり緊張してきた。俺もここで活動していくことになるんだ。しっかり気合いを入れていこう。感動しつつも、座るための席を探していたのだが。

「なんだぁお前。新人か？」

「え……？　はいそうですけど」

何か急に大きな体躯をした男が俺に話しかけてきた。片手にはジョッキを持っていて、顔も赤い。

もしかして酔っ払いか？

「新人はギルドの席に座っちゃダメなんだぜ？　お前分かってやってんのか？」

マジか……そんなルールがあったのか。

「そうなんですか？　ここ、別に誰も座ってなかったのでいいと思っていたのですが……座ったらどうなるんです？」

「はぁ～……お前さ？　あんま舐《な》めたこと言ってるとどうなるか分かってんの？」

俺が小首を傾げた刹那《せつな》。男は拳を握り、こちらに向かって放ってきた。

「やっべ……！」

まさか殴ってくるだなんて思っていなかったので、俺は咄嗟《とっさ》に「殴らないで」と両手を前に突き出す。

「ちょっと！　あなた何やってるの！」

ふと、アンナの声が響いた。男は手を止めて、アンナの方を見る。

「あ、アンナさん……!?」

急に男は強気な態度から萎縮《いしゅく》して、拳を下げた。

な、なんだなんだ？

「その人、私の仲間なんだけど」

アンナが鋭い視線を男に向けると、男は顔を真っ青にして頭に手を当てた。

「アンナさんの!?　そんな馬鹿な!?」

「あなたより何倍も才能のある人間だよ。いいから謝って」

そう言うと、男は慌てて俺に頭を下げてきた。

「すみませんでしたぁぁ！　それでは！」

男が泣きそうな目をして走り去っていく。

……アンナさんの一声であぁなるって、彼女は一体何者なんだろう。

「ごめんね。冒険者って気が強い人が多いんだよ」

「いや、助かったよ。ありがとう」

俺が感謝を伝えると、アンナが嬉しそうに笑う。

でも本当に助けられてしまった。彼女には感謝しなければならない。

どうにか一難が去ったのに安堵《あんど》していると、ふとアンナの後ろにいる人物と目が合う。

「あなたが未来の賢者であるリッター様ですか？　わたしはエイラです！」

綺麗な銀色の髪を持った、美しい少女が俺に自己紹介をしてきた。髪と同じ色の美しい銀の瞳が俺を見据えている。少しドキドキしてしまって、緊張しながらも俺は答えた。

「えっと……俺は賢者とかじゃないけど……。確かに俺はリッター、君がアンナの仲間かな？」

「ですです！　魔法使いをやっています！」

なんていうか、とても可愛い女の子だなぁ。元気だけど、アンナと違って元気に極振りしているわけじゃなくて、どこか清楚《せいそ》な印象もある。

「話は聞いていますよ！　リッター様は魔法を無詠唱で発動できるとか！」

「うん。でも俺が扱える魔法は全部弱いけどね」

「ドラゴンを倒したって聞きましたが……？」

「たまたまだよ」

俺が苦笑しながら首を横に振ると、エイラがむむむと唸《うな》る。

「む～……アンナさん。やっぱりこの人は天才ですよ」

「無自覚ってところが天才っぽさを引き立てているね……」

いやいや、無自覚ではないと思うんだけどな。

だって実際俺はこのスキルで追放されたのだから、世間からの評価は分かりきっている。確かに俺のスキルは優秀だと自分でも思ってはいるが、俺よりもすごいスキルを持っている人間なんて山ほどいるだろう。

俺のスキルはあくまで外れなのである。

まあ彼女たちが褒めてくれるのは嬉しいんだけど。

「ところで、二人は何者なんだ？　さっき絡んできた男が一声で逃げていくって相当だろ」

さっきの光景が気になって仕方がなかった。あんな巨漢を女の子一人の一声で黙らせるだなんて、言い方は悪いかもしれないが『普通』じゃない。

何か裏があるんじゃないのかと勘ぐってもおかしくはない現象だ。

「えっとね、私たちはSランク冒険者って立ち位置なの。まあ～このギルドに所属している冒険者では一番偉いって感じかな」

「マジで……？　そんなすごい人たちが俺のことを勧誘しているの？」

こんな大きなギルドで一番だなんて、俺でもすごいと理解できる。

そんな人たちが俺のことを勧誘しているだなんて……あまりにも規模が大きすぎて目眩《めまい》がしてしまいそうだ。

「そうそう！　自信持ってくれていいんだからね～！」

「ですよ！　リッター様はすごいのです！」

でへ、でへへ。

こんなにも可愛い女の子に褒められると照れてしまう。多分、今の俺はめちゃくちゃニヤついてしまっている。恐らくは最高に気持ち悪い表情を浮かべていることだろう。

しかも、俺より何倍も偉い人間に褒められているんだ。

なんだか恐縮《きょうしゅく》もしてしまう。

「で……どうかな？　もちろん無理はしなくていいからね」

アンナが顔をぐっと寄せてきて聞いてくる。正直、俺に断る理由なんてない。

彼女が呑《の》んでくれた条件は魅力的だし、俺の目的に合致《がっち》する。

それに……二人が可愛いし。

なんなら、これが一番大きい。可愛い女の子にちやほやされるなんて男の夢だ。

前世では自宅警備員だった俺にとって、こんなにも良い話はない。

「もちろん参加させてくれ。でも……あまり期待しないでくれよ？」

俺が恐縮しながら言うと、二人はくすくすと笑う。

「大丈夫大丈夫！　私たち信じてるから！」

「信じてますよ！」

二人は俺の肩に触れてそんなことを言う。

この子たち……可愛い上にスキンシップまでしてくれる……！

俺、ここで死ぬのかな。

もしかしなくても、俺の転生生活は今始まろうとしているのでは？

ワンチャン……エロゲみたいな展開にもなるのでは？

燃えてきた。男リッター、燃えて参りました。

「げへへ……やっべ変な笑い出てきた……」

夢が広がリング。まさに有頂天《うちょうてん》である。

「それじゃあ！　早速参加してくれたお礼をしないとね！　エイラ！」

「もちろんです！　ええと……」

アンナが視線をエイラに向けると、彼女はバッグの中に手を入れる。

ガサゴソと捜《さが》し物をしているようだ。お礼……ってなんだろう。一体なにをくれると言うのだろうか。ヤバい……さっきまで変な妄想《もうそう》してたから、脳内真っピンクの想像しか出てこない。

「あ、ありました！　これプレゼントです！」

そう言って、エイラが俺に何かを渡してきた。

……これは。

「おおお……魔導書じゃないか。本当にくれるのか……？」

魔導書は高価なものだから、人から貰《もら》うだなんて申し訳ない。

「いいよ。なんなら、これからもっとあげちゃう」

「いくらでもプレゼントしますよ」

俺なんかのために魔導書をくれるのか。うう……感動してしまうな。俺の家族なんてなにもくれなかったのに。

もう既に彼女たちは、俺の親以上のことをしてくれている。

なんていうか、言葉が出てこない。

「これ、早速試していいかな？」

せっかく貰ったんだ。早く魔導書を読んで、記憶してみたい。彼女たちに対しても、きっとそれが恩返しになるだろうし。

「いいよ！　私も君の能力が見てみたいし」

「ギルドに頼んで訓練場を借りましょうか。ちょっと行ってきますね」

そう言って、エイラが受付嬢さんに交渉をしに行った。しかし楽しみだ。前世は勉強なんかしてこなかったけど、この世界だと色々と楽しいものだな。

◆

「ここが訓練場か。やっぱ王都はすげえな」

訓練場に案内された俺は、あまりの設備に呆《ほう》けていた。筋トレ用の器具から、模擬《もぎ》戦用の試合場までなんでも揃《そろ》っている。日本も都会は何でも揃っていたが、やはりこの世界でも同じらしい。

「魔導書……読むぞ？」

俺はごくりと唾《つば》を飲み込み、二人を交互に見る。

「読んで読んで。君の実力をちゃんと見せてよ！」

「勉強させてもらえたら……魔法使いとして参考にします！」

よし……それじゃあ早速魔導書を読んでみるか。

どうやらこの魔導書は《イカズチ》の魔法が載っているものらしい。

属性は雷。

しかもかなり上位の魔法のようだ。家にいるころはどうやっても手に入らなかったもの。少し興奮してしまう。

「……オッケー！　《イカズチ》の記憶完了」

俺はパラパラと魔導書をめくり、パタリと閉じる。

よし、これで問題ないだろう。

俺がそんなことを言うと、二人は目を丸くする。

「待って……まだ読み始めて一分も経ってないよ？」

「嘘ですよね……？　ほんとに読みましたか……？」

「え？　魔法って魔導書を読めばすぐに使えるようになるものじゃないのか？」

俺のスキルの能力はあくまで、魔法を無詠唱で発動できるようになるものと認識していた。だから魔法を覚えるだけなら誰でもできると思っていたんだけど。

「使えません！　普通は訓練しないと習得できないものですよ!?」

「マジか……？　もしかして俺だけ？」

「あなただけです！」

「……びっくりね」

うーん、そうなのか。まあ他にもできる者はいるだろう。

「とりあえず魔法を放ってみるよ」

俺は近くにあった的を狙い、手のひらを向ける。

少し集中すればいい。

使いたい魔法を想像し——放つ。

「《イカズチ》ッッッ！」

俺が声を上げると、的に向かって雷が落ちた。

パッと周囲が真っ白になったかと思えば轟音《ごうおん》が響き渡り、訓練場が激しく揺れる。

うおおお……すげえ。

やっぱ高い魔導書なだけあるな。

「本当にやっちゃった！」

「信じてはいましたが本当に無詠唱……!? しかもあの魔法、高度なものなんですよ!?」

二人が興奮しながら詰め寄ってくる。特にエイラが興奮しているようだった。

「《イカズチ》はですね！　すっごく長い詠唱をしなくちゃいけないんですよ!?」

長い詠唱か。と言っても、そこまで長いものではないだろう。

恐らくエイラは俺を褒めるために大げさに言っているんだ。

「参考までにどんな詠唱をするのか教えてくれないか？」

エイラに尋ねると、彼女はむむむと唸りながら答える。

「長いですよ！　ふふん、わたし、使えませんが全部覚えているんですよねぇ～！　気合い入れて詠唱してみますね！」

そう言って、エイラはテンション高めに口ずさむ。

「天を裂き、大地を揺るがす雷神の咆哮《ほうこう》よ。古《いにしえ》の契約に従い、その無限の力を我が手に授けよ。燃えさかる嵐の力を、今ここに顕現《けんげん》せしめん。雷霆《らいてい》を司りし者よ、その怒りを宿し、万物を貫く閃光《せんこう》と化せ！　来たれ、天空より降り注ぐ無慈悲《むじひ》なる一撃！　全てを滅ぼす雷鳴の裁き、《イカズチ》!!」

……はい？　な、なんて言った今？

なんか無限にも感じる詠唱なんだが。

というか、エイラってばめちゃくちゃ満面の笑みで決めポーズを取っているんだが。

いや、まあ決めポーズは関係ないんだけど。

と、ともあれ。

「まあ、この様子だと……多少は強いんじゃないかな」

「多少どころの騒ぎじゃありませんよ……革命です！」

「ははは……あまり褒めるなって」

革命だなんて大げさだな。俺は別にたいしたことなんてしていないのに。

俺が頭をかきながら照れていると、アンナが声をかけてくる。

「君は天才だよ。よし、これから正式に仲間になるってことでもう一つ話さなきゃいけないことがあるの」

「話さなきゃいけないこと？」

尋《たず》ねると、アンナは静かに頷く。

「私たちの目的！　仲間になるからには、説明しないとね」

「俺をスカウトした理由……か。確かに聞いてなかったな」

確か『特殊な人間』が欲しかったとか言っていたような気がする。俺が特殊な人間に該《がい》当《とう》するかは分からないが、ともあれ何かワケがあって俺を誘ったんだろう。

「私たちは国家直属の冒険者になりたいの。世間ではそういう人たちを勇者だったり賢者って呼んでいるわ」

「国家直属って……かなり難しいことなんじゃないのか？」

国家直属というのを理解しているわけではないが、例に挙がった勇者という職業は知っている。ＲＰＧゲームとかでよく出てくる職業の一つで、大抵は主人公格の人間が就いている職業だ。かなり大層なものだと思う。

「とっても難しい。私たちも頑張ってSランクになったけど、それでもまだまだって感じ」

王都のギルド一の冒険者がまだまだってことは、多分相当な難易度なのだろう。

俺が仲間になる程度で目指せるものなのだろうか……かなり難しいと思う。

そりゃアンナも馬鹿じゃないだろうから考えがあるのだろう。

けれど、俺ではあまり想像できない。

「一応……聞いても良いかな。どうしてアンナたちは、その国家直属の冒険者になりたいって思ったんだ？」

当然だけど、聞いておかなければならないと思った。彼女たちに流されるままじゃ、仲間としてどうかなと思ったわけで。

「そうだよね。……私とエイラは幼馴染《おさななじ》みでさ。昔から、ずっと一緒に過ごしてきたの」

言って、アンナはエイラを見る。どこか懐かしむような表情を浮かべていた。

「あの時のことは忘れません。だって……死にかけたんですからね」

死にかけた、という言葉がエイラの口から出てきて、俺は思わず驚いてしまう。死にかけたって……かなりの大事だ。

「魔族に襲われたんだよ。魔人族って言う、人間たちを強く敵視している種族にね。当時の私たちじゃ到底敵《かな》う相手じゃなかった」

ここまで聞く限りだと、なんならトラウマになってしまうような出来事のように思う。

けれど、二人の表情は明るかった。昔のきらびやかな思い出を振り返る、可愛い少女のように感じた。

「エルビダ王国の紋章《もんしょう》を腕に着けた、国家直属の冒険者に助けられたの。たまたま私たちが住んでいた村に寄っていたらしくてね、それで助けられた。それがさ……ほんっとうに格好良くて」

「はい！　とても格好良くて、わたしたちは彼らの姿を見て思ったのです！」

アンナとエイラはぎゅっと拳を握り、キラキラと瞳を輝かせて言った。

「私たちも、あの格好いい国家直属の冒険者になりたいって！」

「なのです！」

彼女たちが国家直属の冒険者になりたい理由、それは過去の憧《あこが》れから来たもののようであった。俺は彼女たちの姿を見て、思わず羨《うらや》ましいと思ってしまった。俺には、そんなものはなかったからだ。転生する前も憧れなんてなくて、希望もない状態で家に引きこもっていた。だから、彼女たちが眩《まぶ》しく見えた。

同時に、そんな夢を手伝うことができたら、なんて素敵なのだろうとも思った。

そんなことを考えていると、ぎゅっとアンナが手を握ってくる。

「君が希望なの。きっと、私たちは直属になれる」

「リッター様は魔法使いですから……賢者とかにも本当になれるかもしれません。いえ、絶対になれます」

賢者、か。

俺はあまりよく分からないけれど、彼女たちには恩がある。実際に魔導書をくれたし、俺に居場所なんてなかったから色々と助かっている。手を貸さないって選択肢はなかった。

「俺が希望になれるかどうかは分からないけど、よかったらお手伝いさせてくれ。魔導書をくれたお礼もしたいし」

「ありがとう。嬉しいよ！」

「ですです！　リッター様最高！」

あはは……大げさだなぁ。でも認めてくれるのは嬉しい。

前世も今世も、認めてくれる人なんていなかったから。

少しでも頑張ろう。

誰かの役に立てるように。

「それじゃあ――」

アンナが俺に声をかけようとした瞬間のことだった。

「アンナさん！　大変です！」

訓練場に慌てて入ってくる女の人が見える。服装からして、受付嬢さんだろうか。

「依頼に向かった冒険者から緊急の連絡が届きました！　どうやらAランクのオーガに襲われて壊滅《かいめつ》に近い被害を受けているようで……！　帰還することも困難らしく！」

「死者は出ていないの？」

「今は出ていません！　とにかく、頼りになるのはアンナさんたちだけなんです！　……お願いできますか？」

どうやらかなりヤバい状況になっているらしい。壊滅に近い状況だなんて、最後まで死者を出さずに済む保証はない。アンナがこちらに振り向き、行けるかどうか聞いてくる。だけど聞かれるまでもない。俺の答えは決まっている。

「俺も行く。なんでもやるよ」

「ありがとう。エイラ、行こう！」

「はい！」

よし……迷惑かけないように頑張ろう。

◆

「ふはははは！　リッターの野郎がいなくなってすっきりしたぜ！　やっぱ無能が家にいると余計なことを考えてしまうからな！」

イダトは自分の部屋でリッターがいなくなったのを心の底から喜んでいた。

もう自分のお荷物はいない。これからはもっと自分中心に活動することができる。

イダトはくつくつと笑いながらぐっと伸びをする。さて、あいつがいなくなった記念に何か飯でも食うか。

そう思った彼は部屋を出て、適当な召使いを探す。

「あ、いたいた。おいお前、僕は腹が減ったんだ！　適当に飯でも作ってくれないか？」

そう伝えるが、召使いはあまりいい表情をしない。

何か嫌なものを見てしまったような目で、こちらを睨《にら》んできた。

「……はぁ。なんだその反抗的な態度は？　僕の一言でお前をクビにすることだってできるんだぞ？」

イダトは一切躊躇《ちゅうちょ》することなく相手を脅《おど》す。するするとそんな言葉が出てくるあたり、普段の彼がどういう人物なのかは簡単に察することができる。

召使いは渋々《しぶしぶ》といった表情を浮かべて、静かに頷く。

だが。

「リッター様は出て行かれたのですか？」

そんな疑問を投げかけてきた。

どうやら、リッターを追放した話はもう召使いたちに伝わっていたようだ。

ならば都合がいい。自分が今やアルタール家の一人息子であり、この家の次期当主であることをしっかり言っておくか。

と考えていたのだが。

「リッター様は外れスキル所持者でしたが、傲慢《ごうまん》なあなたと違って私たちにも優しい、素晴らしい方でした。私たちが何かミスをしても彼は私たちを咎《とが》めることはなく、さらにそのミスを自らがカバーする……とても素敵な方でした。そんな方が追放されるだなんて、この家も終わりかもしれませんね」

「ああ!? なんだてめえ!! もう一回言ってみろ！」

突然召使いがそんなことを言うので、イダトは動揺《どうよう》してしまう。

思わず胸ぐらを掴《つか》んで叫んでしまうほどに。

だが、召使いは追い打ちをかけるように言う。

「すぐ暴力に走る性格の破綻《はたん》具合。それが最悪だと言っているのですよ」

「は、はぁ!?」

自分が終わっている？

そんなわけがないだろう！ 自分は《剣聖》を引き当てた才能ある人間なんだ！

「他の召使いも同じことを思っています。ご飯は調理いたしますが……まあせいぜい他の人間がこの家から抜けないように努力した方がいいですよ」

召使いは言い放って、イダトの手を振り払う。

「それでは」

「お、おい！」

こいつは一体何を言っているんだ……？　他の人間も同じことを思っている？
それに言い方的に、まるでこれから多くの人間がこの家を抜けていくようなことを……。

そんなまさか！
自分は優れた人間なのだ。
こんなにも優れた人間の下から退《ひ》こうとする馬鹿なんていないはずだ。
脳内ではそんな思考を巡らすが、イダトは何も反論できずにただ佇《たたず》んでいた。

第二章　俺は早速戦闘に連れ出されるらしい

「せっかく加入してくれたのに、早速戦闘に連れ出しちゃってごめんね……」

馬車に揺られながら、アンナが申し訳なさそうに言う。そりゃ加入をお願いして早速緊急の依頼だなんて申し訳なくなっても当然だ。だけど、俺は全然気にしていない。

「いいんだよ。俺たちはもう仲間なんだから、気にすることじゃない」

「リッター様は優しいんですね」

エイラが優しく微笑《ほほえ》みながらそんなことを言う。

「優しくはないよ。当然のことを言っているだけ」

そう言うと、アンナとエイラはお互い目を合わせる。

くすりと笑ってみせた後、俺の方を向いた。

「うん。確かにそうかも」

「リッター様にとっては当然のことですもんね」

なんだか二人が嬉しそうな目で見てきている。

俺、何かそんなに嬉しくなるようなことを言っただろうか？

まあ変な雰囲気になるよりかは幾倍《いくばい》もマシなので気にしないことにする。

「そろそろ……かな」

アンナが馬車から身を乗り出して、先の方を見据える。

「そうですね。確か冒険者がオーガに出会ってしまったのはこの辺りだと聞いているのですが」

どうやらそろそろのようだ。

「もうか。んじゃ降りようか」

俺はよっこらせと立ち上がり、馬車から飛び降りる。

周囲は森だ。木々が立ち並び、風によって葉が揺れている。

「早く冒険者たちを救出しないと。エイラ、リッター。しっかり見て」

「もちろんです！」

「分かった」

俺たちはお互い警戒態勢に入りながら、周囲を探す。聞いた話だと、オーガはかなり巨大だからぱっと見で分かるらしい。

だから見落とすだなんてことはないと思うんだけど……。

「……!?　何かいる」

「あれは……ゴブリンですね。恐らくオーガと一緒にいる個体だと思います」

「ここは俺に任せてくれ。二人は気にせずオーガと冒険者を探してくれると嬉しい」

そう言って、俺は前に出る。

ゴブリンほどメジャーな魔物の場合、俺でも弱点属性は知っている。

それは——炎だ。

「《ファイア》ッ！」

俺が魔法を放つと、ゴブリンは驚愕《きょうがく》の表情を呈していた。

恐らく魔法が詠唱をすっ飛ばして0・1秒で放たれたからだろう。

どうやら賢い魔物は人間の魔法がどのように放たれるのか理解しているようだが……しかしそれが却《かえ》って自分を追い詰める形になったようだ。

無事炎はゴブリンに命中し、倒すことに成功する。

「よし。終わったよ」

ゴブリン程度なら、さくっと倒すことができるようだ。

戦闘は素人ではあるが、案外なんとかなるかもしれない。

「やっぱり本物ね……ここまでの天才を見たのは初めてかも」

「詠唱って慣れないうちは長くなりがちなのですが……それを無詠唱で出しちゃうなんて興奮します！　わたしでも頑張って短くして『炎の精霊よ、眼前の敵を焼き払え』までは詠唱しなくてはならないのに！」

ははは……照れてしまうな。

俺が頭をかきながら口角を上げていた——瞬間のこと。

「助けてくれ！　オレたちはここだ！」

「冒険者の声がする……！　こっちだわ！」

どうやら俺たちの騒ぎが聞こえたらしい。恐らく今回帰還が困難になった冒険者が声を上げたのだろう。俺たちは急いで声がした方に向かう。

「ここだ！　仲間が怪我しているんだ……助けてくれ……！」

声がした方に向かっていくと、一人の男の姿が見えた。

こちらを見つけた瞬間、安心したような表情を浮かべて手を振っている。

「エイラ！　リッター！」

アンナが叫ぶ。俺とエイラも反応し、こくりと頷いた。

「分かってる！」

「もちろんです！」

俺たちは慌てて茂みの中に入っていき、男と合流する。そこには、男の他にも二人の男女の姿があった。命に別状はなさそうだが、怪我が少し酷《ひど》いな。

これじゃあここから動くことも難しいだろう。

「……助けが来たのね」

「足が……いてぇ……」

俺は怪我をした二人に近づき、しゃがみ込む。

「無理はしないようにしてください。俺が今治します」

そう言うと、エイラは驚きの目を向ける。

「リッター様って回復魔法も使えるのですか⁉」

「ああ。実家にいる頃、どうにか魔導書を手に入れてな」

「あの……普通、攻撃魔法が得意な人は回復魔法が苦手だったりするのですが……」

「そうなのか？　気にしたことなかったな」

「……リッター様には常識が通用しないことが分かりました。とりあえず治療しましょう」

俺は頷き、《ヒール》を発動する。

緑の魔法陣が浮かびあがり、傷付近にふわふわと光の玉が浮遊する。

「す、すごい……！　傷がどんどん治っていくぞ⁉」

順番に手当てをしていき、完璧《かんぺき》とまではいかないものの動ける程度には治してみる。

実際に他人に《ヒール》を使ったのは初めてだったから少し緊張したけど、どうやら効果はあったらしい。

まあ俺がイダトにいじめられてよく怪我をしちゃってて、それを治すのに使っていたから効果は分かっていたんだけど。無事治療が完了し、ふうと息を吐いて立ち上がる。

すると男が動揺しながら声をかけてきた。

「今の魔法はなんだったんだ!?　あんなの見たことないぞ!?」

「ただの《ヒール》ですよ。特に変わった魔法じゃないので安心してください」

恐らく俺が無詠唱で発動したから、何か変な魔法とでも思われたのだろう。

「……ただの《ヒール》なのか!?　と、とにかくありがとう、感謝させてくれ！」

そう言って、男が頭を何度も下げてくる。

「いえいえ。気にしないでください」

俺は慌てて頭を下げるのを止めさせようとするが、男は何度も感謝の言葉を発した。

ここまで人に感謝されたことがなかったから、少し変な気分だ。

嬉しい……な。こんな俺でも役に立てたんだ。

前世では、誰かの役に立つどころかお荷物でしかなかったのに。

「――リッター！　エイラ！」

なんてことを考えていると、アンナが声を上げる。

ちらりと見ると、彼女は腰に下げている剣を引き抜いて戦闘態勢に入っていた。

「……オーガです！　戦闘準備を！」

「マジか……！　皆さんは俺たちに任せて一度逃げてください！」

そう言うと、冒険者たちは急いでその場から逃げていく。

「ははは……オーガなんて初めて見たんだけど、デカいな」

俺は、目の前に現れた巨体――オーガを眺めて苦笑した。さながら鬼のような姿をしている。緑の肌に屈強《くっきょう》な肉体。ゴブリンの上位互換《ごかん》のようにも見えた。

「わたしが皆さんにバフを付与します……精霊よ、我々に魔力の加護を与えよ――《魔力強化》！」

エイラがそう詠唱する。

……実戦では初めて詠唱を聞いたのだが、魔法を発動するまでにかなりテンポが遅れてしまうな。まあ、《イカズチ》よりかはかなり短いようには思うが。

しかし、他のみんなもそうなのだろうか。

それなら……かなり苦戦してしまうような気がする。

「あはは……やっぱりリッター様と比べると劣っちゃいますね」

「いや、そんなことないよ！　とにかくありがとう！」

エイラは謙遜《けんそん》しているが、確かにバフがしっかり付与されているのが実感できる。魔力が大幅に強化されているのが、なんとなく理解できていた。

「私が一撃を与えて怯《ひる》ませる！　仕留めるのはリッターに任せていい!?」

「俺にできるかは分からないが――やってみる！」

最後の最後はどうやら、俺に任されてしまったらしい。だけど、それほど俺のことを信

頼してくれているってことなんだ。前世と比較すると、幸せなことに変わりない。

俺ができることを精一杯する。

「はぁぁぁ!!」

アンナが一気に距離を詰め、オーガの懐《ふところ》に入り込む。相手は動揺を呈しているが、それすらも彼女の狙い通りなのだろう。アンナはぐっと剣を構え、オーガに向かって一撃を放った。

速い。

やっぱりSランク冒険者なだけはある。

「あとは俺がやる！　《イカズチ》ッッッ!!」

俺が声を上げて手のひらを向けると、轟音とともに雷がオーガに直撃する。

さっきアンナたちから貰った強力な魔法だ。

俺が使うには少し不相応かもしれないけど、今はそれでいい。

――ガァァァァァァア!?

オーガは悲鳴を上げながら、己の体が燃えるのを防ごうとする。

だがその速度より、俺の方が何百倍も速い。

「燃えろ！　《ファイア》ッッッ」

俺が放った炎により、更に体は燃え広がる。次第にオーガの動きが鈍くなり、最後には倒れた。

よしっ……討伐完了だ！　俺……やればできるじゃんか！

「すごいよリッター！　ほんとに魔法を無詠唱で発動できる人間はいないんだよ！」

「格好良すぎます！　やっぱりリッター様は世界一ですね！」

倒せたことに安堵していると、突然二人がこちらに向かって走ってきた。

「ちょ、おいおいおいおい!?」

急に二人が抱きついてきたので、俺は思わず仰《の》け反ってしまう。

待て待て待て。急にそんなことされたら、俺……恥ずかしさで倒れちゃう。

前世ではこんなにも女の子に密着されたことないから、一切耐性がないんだ……！

「どうしたんだ急に……！」

「いやさ！　なんだかリッターを見ていると、本当にこんなにも強い人が仲間になってくれたんだって嬉しくって！」

「ですです！　いくらでも魔導書プレゼントしますから、どこにも行かないでくださいね！」

「行かない……！　行かないから……！」

俺は悲鳴を上げそうになりながらも、この状況が嬉しくて仕方がなかった。

前世では得られなかった喜び……女の子にモテモテになるエロゲ的な展開。こんな生活が俺の夢だった。やましい感情を声に出しちゃうのは憚《はばか》られるけど、ここはあえて叫ばせていただこう。

「転生！　最高だぜ！」

◆

俺たちは被害を受けた冒険者たちを保護し、無事冒険者ギルドに送り届けることに成功した。正直オーガなんて見たこともなかったから、どうなるかと思ったが……。

「本当にこの方が倒したんですか!?　一切戦った記録もない新人がオーガを!?」

受付嬢さんが目を丸くして俺のことを見ていた。それもそのはずで、俺は表に出たことなんてないから記録なんて一切ない。どれだけすごいことかは知らないが、記録がなかった人物が突然何かをやったら驚かれて当然だ。

「本当だ！　しかもこの方は無詠唱で魔法を発動する化け物なんだぜ!?」

俺たちが助けた男が、興奮気味に受付嬢さんに向かって叫んだ。

「嘘ですよね!?　ちなみになんですが……オーガはAランクですよ？」

受付嬢さんが上目遣いでそう聞いてくる。

A……ランク？　さっきも聞いたが、ランクってなんなんだろうか。なんとなく魔物の等級だというのは分かるのだが、何を基準にした等級なのかが分からない。

Aランクだから……大きさだろうか？

あのオーガ、めちゃくちゃサイズデカかったからなぁ。

「もしかしてリッター。君、分かってない？」

「え？　大きさのことだろう？」

「違うよ!?」

え……？　大きさじゃなかったのか？　それならなんだ。声のデカさとかか？

あいつかなり声大きかったし、近隣住民は色々と大変そうだ。

「あのですね……ランクというのは魔物の強さのことです」

エイラが困った様子で俺に伝えてきた。

「あ、そうなんだ。ちなみにAランクってどれくらいの強さなんだ？」

尋ねると、二人が苦笑する。

「二番目よ」

「どういうことだ？」

アンナが言った『二番目』という言葉が良く分からなくて、俺は聞き返してしまう。

すると、エイラが震えながら俺に指摘してきた。

「上から二番目の強さです。つまり……新人が到底倒せるレベルじゃない……なんならベテランだって苦労するレベルですよ……？」

え……嘘？

マジで？

俺は少し考える。あいつが上から二番目の強さって……到底信じられないな。

やっぱり何かの間違いなんじゃないだろうか。

「受付嬢さん、この人ヤバいでしょ？」

「天才ですよね？」

アンナとエイラの言葉に、受付嬢さんが汗を流しながら頷いた。

「え、ええ……私たちのギルドにはどうやら、とんでもない逸材《いつざい》が来てしまったようですね……」

おいおい……この人たちは俺のことを持ち上げすぎだ。

「いやいや。俺がとんでもない逸材って。俺は普通だよ」

全く、面白いことを言うなぁこの人たちは。だって俺は家を追い出された外れスキル持ちだぜ？　そんなやつが天才だなんて。

あまり言いたくはないが、家に残ったイダトの方がよっぽど天才だろう。

「天才だよ！」

「化け物です！」

「逸材です！」

「え、ええ？」

受付嬢さんとアンナたちが声を大にして叫ぶので、ちょっと呆けてしまう。

どうしてこの人たちはこんなにも俺を褒めるのだろうか。でもまあ、褒められるのは悪くない。少し困惑《こんわく》してしまうけど、前世より俺はよっぽど幸せだなぁ。

◆

「でも助かっちゃったね。リッターにはお礼しないと」

「そうですね。突然だったのにありがとうございます」

「何を改まって言っているんだよ。俺たちは仲間だろ？」

依頼が終わった後、俺たちはギルドの酒場にてこんな話をしていた。でも俺は別に変わったことはしていない。仲間なら当然のことをしたまでで、感謝されるようなことではない。

「ふふふ。やっぱりリッターは最高だよ」

「ですね！」

全く……すぐ俺のことを褒めるから気持ちが持たない。

でもいい仲間を持てたってことだよな。

俺のことを褒める人なんて、誰もいなかったのに。

「あ！　せっかくだし魔導書買いに行こうか！　リッターを強化しよう！」

「いいですね！　リッター様が強くなるの、見てみたいです！」

マジか……早速魔導書を買ってくれるのか。《イカズチ》を貰ったばかりだから、なんだか申し訳ないな。

「魔導書か！　いいないいな！」

俺も魔導書を買いに行けるなら行きたい。

もっと知識を付けたいし、みんなのために強くなりたい。

今でもすごく恵まれているけど、努力をやめてしまったらみんなに迷惑かかっちゃうし。

「それじゃ行こっか！」

アンナは立ち上がり、元気よく歩き出した。

◆

「うおお……ここが魔導書屋か……」

アンナに案内されるがまま、俺は生まれて初めて魔導書屋まで来ていた。

店の中には数多くの魔導書が並んでおり、まさに圧巻《あっかん》である。

「この魔導書高すぎ……これも高すぎるだろ……」

分かってはいたのだが、どの魔導書も高い。

こんな大層なものを買ってもらうだなんて、少し恐縮してしまう。

「どんな魔導書がいい？　攻撃系？　バフ系？」

アンナが首を傾げて聞いてくる。

魔法の種類か。攻撃系もいいし……バフもいいな。

でもバフはさっき見た感じだとエイラが使えそうなんだよな。

なら俺は攻撃系のスキルを優先的に持っていった方がいいかもしれない。

「攻撃系がいいかな。何かいいものない？」

「うーん……こんな魔法はどうですか？」

エイラが魔導書を渡してくれる。

これは……《ブレイド》か。

説明を見た感じ、物理属性の一撃を相手に与えるというもの。

案外悪くないかもしれない。

「よし。んじゃあこれにするよ」

「決まりですね！」

「うんうん。それじゃ買ってくるね！」

そう言って、アンナが会計に向かう。しかし……この光景だけ見ていたら……なんかヒモみたいだな。男の俺は商品を選び、その会計は女の子にしてもらう。

多分、店員さんから見たらドン引きだろう。俺なら引いてしまう。

自分の状況を客観視していたら悲しくなってきたが、考えすぎても仕方がない。

これが俺とアンナたちとの約束事なのだ。

しかし……新たな魔法か……。

考えるだけでワクワクしてしまう。もっと魔法を覚えて、もっと成長しなければ。

「リッター様がもっともっと強くなる……もうわたしなんて余裕で超えていそうです……」

「大げさだなエイラ。俺はまだまだだよ」

「それはどうでしょうね……」

全く、エイラもエイラで大げさだな。

俺はまだまだだ。だけど、これからもっと頑張る予定だからいつかエイラとかにも肩を並べられる時が来たらいいな。

「はいこれ！　早速覚えてみせてよ！」

会計を終えたアンナがこちらに走ってきて、魔導書を手渡してくれる。

おお……これが新しい魔導書か。少し興奮してきたぜ……。

「ありがとうアンナ！　よーし、早速やってみるか！」

俺はアンナから魔導書を受け取り、文字列を眺めてみる。

やっぱり俺は頭が悪いから、パッと見ではあまり理解はできない。

だけど俺のスキルがあればある程度のことは勝手に省略してくれる。

俺はただ、文字を読み込み、記憶するだけでいい。

「《ブレイド》の記憶完了っと。ええと、コマンドオープン」

俺が手のひらを空中にかざすと、ぱっとステータス画面が表示される。


《ブレイド》を魔導書から記憶しました。

あなたが使用できるショートカットコマンド一覧
・《ヒール》
・《ブリザド》
・《ファイア》
・《イカズチ》
・《ブレイド》ＮＥＷ！

————————————————


よし、しっかり登録できているな。

これで恐らく俺は《ブレイド》の魔法を扱えるようになったはずだ。

「ちなみに……ブレイドもかなり高度な魔法なんだよ？」

「そうなの？　どれくらい高度なんだ？」

俺の疑問に、エイラが丁寧に答えてくれた。

「ええとですね。Aランク以上の冒険者がやっと身につけられるくらいですかね」

Aランクくらいの冒険者がやっと身につけられるくらいか。

でも彼女たちはSランク冒険者なわけだし……あまりたいしたことはないな。

「もしかして……別に普通だと思ってる？」

「だって二人と比較すると弱いような気がするなって」

「君はやっぱり化け物だわ……」

「ですです……普通は魔法なんていくつも持てないのに……」

「え？　何か言ったか？」

「なんでもないよ……」

「なんでもないです……」

なんかすげえ化け物化け物って言われていたような気がする。もしかして罵られている……のか？　いやいや、多分そういうわけではないのだろう。

そうだよな？

「それじゃあギルドに行こっか。君の魔法、早く見たいしね」

「ですね！　今日は魔法だけ試して、適当に休みましょうか！」

「ああ。俺も早く魔法を試してみたいよ」

そう言って、俺たちはギルドへと向かった。

◆

「アンナさん！」

ギルドの扉を開くと、受付嬢さんが慌ててこちらに駆け寄ってきた。何かあったのだろうか。普通はこんなにも急いで話しかけてこないと思うのだが。

「何かあったの？」

少し緊張した様子で、アンナが首を傾げる。

「……それがですね。さっきオーガを倒していただいたじゃないですか」

「ええ。リッターのおかげでね」

「ギルドの方で、オーガの死体を回収したのですが……何やらおかしなものが見つかったらしく。ただのオーガじゃなかったんです」

「おかしな……もの？」

アンナは口に手を当てて、むむむと唸る。

何か嫌な予感を感じながら、俺は受付嬢さんの次の言葉を待った。

「こちらです。この宝石のようなものがオーガから回収されました」

そう言って、受付嬢さんは宝石のようなものを見せてくれる。

パッと見は本当に宝石なのだが、何か紋章のようなものが刻まれているようだ。

「この紋章……見覚えある。確か魔族の——魔人族のものよね？」

「魔人族ってあれだよな。アンナたちが襲われたっていう……」

俺はアンナにそう尋ねる。確か、人間を強く敵視しているという存在だった記憶がある。

「そうだよ。魔族にも様々な種類が存在するから、全部が全部敵ってわけじゃないんだけど、この種族に関しては敵って断言してもいい」

「敵、か……」

俺がそう言うと、受付嬢さんは答える。

「エルフだとか、ドワーフとかは友好的なんですが……この種族に関しては昔から困らされているんです」

エイラがむむと唸りながら、

「あのオーガは魔人族が仕掛けてきたもの……って考えるのが妥当《だとう》ですね。最近は魔人族からの攻撃は収まっていたのにどうして……」

「そんな存在が攻撃を仕掛けてきたってわけか……普通に考えて不味いよな？」

俺がアンナに聞くと、彼女はこくりと頷く。

「攻撃してきた以上はね。実際被害も出たんだし、戦闘は避けられないわ」

なるほどな……つまり俺たちの敵ってことになるのか。

しかし……この世界は魔物がいたり魔族がいたりと、元の世界と違って大変だな。

「つきましては、アンナさんたちに魔人族の警戒に当たってほしいのです。お願いできますか？」

「ええ、もちろん。リッターも構わないよね？」

「俺でよければ。二人にはお世話になってるから、いくらでも頑張るよ」

「さっすが。ありがとうね」

俺が役に立つかどうかは分からないが、彼女たちのために頑張りたいと思う。

とはいえ、こういうのは俺よりイダトの方が適任なような気がするけど。

俺なんて所詮《しょせん》外れスキル持ちだしな。

《剣聖》には血を吐くような努力をしたとしても勝てるかどうか怪しいところがある。

「とりあえず報告でした。ギルドの方でも調査はいたしますので、アンナさんたちは今日のところは休んでください」

「そうですね。今日は少し休みましょうか！」

「俺もちょっと疲れたかも。いいかなアンナ？」

俺とエイラはアンナの方を見る。

「そうね。ちょっと休もうかしら」

ということで、俺たちはいったん休息を取ることにした。

が……ふと思い出す。俺、どこで休めばいいんだろ。

家がないのはもちろん、宿に泊まるお金だって持ち合わせていない。

もしかして、野宿か？

なんて考えていたのだが、アンナが俺に話しかけてくる。

「あ、リッターって泊まる場所ある？」

「ないよ。だからちょっと今困ってるんだ」

「それじゃあ一緒に来なよ。仲間なんだから一緒に寝よ」

「本当か！　ありがとう――」

アンナの優しさに感動していたのだが。

え、ちょっと待って。

今『一緒に寝よう』って言わなかったか？

◆

「何がリッターの方が素晴らしいだ！　僕の方が才能に恵まれ、幾倍も強いって言うのに！」

イダトは苛立《いらだ》ちを隠せないまま、廊下を歩いていた。リッターを追放して以降、召使いからの視線は痛いものである。自分はまるでゴミを見るような目で見てくる。

自分が何をしたっていうんだ。

全部正しいことをしたまでだって言うのに。

「僕がもっとも素晴らしいことを分からせないといけないな。一度大きな成果を挙げてみせるか」

イダトは良いことを思いついたかのように、にやりと笑う。自分が大きな成果を残せば、他の人間たちも納得するだろう。まずは適当に魔物を倒してみせるか。

しかしどんな魔物がいいだろうか。

もっとも成果が分かりやすいものがいいな。

「そうだ！　ドラゴン討伐にチャレンジしてみるか！」

イダトはぽんと手を叩き、急いで剣を取りに行く。奇《く》しくも、彼はドラゴン退治を選んでしまった。それは既に、リッターが無自覚のうちに乗り越えている道だというのに。

イダトは決めてから行動に移すのは早いタイプだ。

それだけは褒められてもいい部分ではある。

だが彼はいつも成し遂《と》げる前に、さも既に成し遂げたかのように語る癖がある。

特に自分を小馬鹿にしてきた人間には腹が立っていつも啖呵《たんか》を切ってしまう。

「ははは！　そこの召使い！　僕はドラゴンを倒す男だ！　僕に恨みがあるようだが、今に見ていろよ！　何も言えなくしてやるからな！」

そう召使いに吐くが、召使いは嘆息《たんそく》した。

なんせ、既にリッターがドラゴンを倒してしまったという噂《うわさ》は召使いの耳に届いていたからだ。

それもそうだろう。

リッターは何も気にしてはいなかったが、あの日リッターが倒したドラゴンはアルタール領にて突如《とつじょ》発生し、緊急依頼としてギルドから討伐が各地に依頼されていた魔物だったのだから。

だからあの日、Sランク冒険者であるアンナはそこにいた。

ドラゴンの討伐をするため、アルタール領に出向いていたのだ。

「はははは！　僕が世界一だ！」

イダトは《剣聖》を持っているが、一切努力はしようとしない。

だから召使いは彼がドラゴンを倒すことなどできないと考えている。

彼は恵まれた才能を持っているが、それ以上にリッターが優秀すぎたのだ。

しかし、イダトはその事実にまだ気がつかない。

自分たちが破滅《はめつ》の道へと進んでいることを、イダトもアルタール伯爵も未だに知らない。

だがすぐに思い知らされることになる。

これから起こる、悲劇とも言える過程を経て彼らはどん底にまで落ちぶれてしまう。

「待ってろよドラゴンっ！」

……まあ、知らないだけ彼らにとっては幸せなのかもしれない。

第三章　俺は貴族からの依頼を受けるらしい

「あまり広い部屋じゃないんだけどね～……えっと、とりあえずリッターは私の隣で寝てね」

「待て待て待て。ええ？」

アンナの一言に俺は困惑してしまう。

泊まる場所がないなら私たちに付いてきなよと言われて来たのだが……。

案内された場所はアンナとエイラの家だった。

「ええ～！　リッター様はわたしの隣がいいですよね！」

「いやいやいや！　そういう問題じゃないから！」

俺の想像では、どこか宿にでも泊まるのかなと思っていたのだけど。まさか彼女たちの家に案内されるとは思わなかった。しかも俺は女の子の家に上がったことがない超絶ピュア人間だ。今まで女の子に相手にされることなんてなかったから。

なのに突然転生したら女の子の部屋に上がり込むことになるなんて……。

冷静に考えて勝ち確じゃないのか？

俺が常日頃プレイしていたエロゲでこのような展開があったことを思い出す。

……あれ、もしかして俺、このまま童貞《どうてい》卒業してしまいます？

いや、冷静になれ俺。

そんな童貞染《じ》みた妄想はこの辺りでやめておいた方がいい。このままだと完全にキモいこじらせ童貞だ。よし、ここは紳士的にいこう。

俺、いつでも大丈夫です。

「それじゃあ私とエイラでじゃんけんしよっか。勝った方がリッターを横に寝かすってことで」

「望むところです！　絶対に勝ちますよ！」

やはり転生最高すぎるな。俺の学生時代に失われた青春が今、帰ってきたのかもしれない。いや、でも俺は外れスキル持ちで虐げられてきたし、挙げ句の果てには家を追い出されたからな……。

ギリギリプラスマイナスゼロってところか。

「よっし！　私の勝ちね！　エイラは孤独に寝なさい！」

「むむむむ！　負けちゃったのです悔しい～！」

どうやら決着は付いたらしく、アンナがこちらに手招きしてくる。

「一緒に寝よ」

「喜んで。俺、準備できてます」

気合いを入れて、声低めのイケボで返してみた。アンナからの反応はない。

うん、失敗したな。なんか……胸が苦しくなってきた。

ああ……なんか冷静になって恥ずかしさも極まってきた。

おどおどしながらアンナの隣に立ち、どうにか引きつった笑みを浮かべる。

「もしかして緊張してるの？」

「いやっ！　そういうわけじゃないんだ！　まあ、あれだ！　うん、やっぱり緊張してる……」

ヤバい。悲しくなってきた。

「ふふふ。仲間なんだから気にすることないのっ！　ささささ！」

「うわっ！」

そう言われて、俺はアンナにベッドに押し倒される。

え、押し倒されちゃうの？

マジか、こんなシチュあるのか。

な、なんて幸せなんだ。女の子のベッドに俺は……寝てしまっている。

しかも隣にはアンナがいて……！

「それじゃあおやすみ～。また明日も頑張ろうね」

「お、おやすみ」

明かりを消して、アンナは寝息を立てる。俺はというと、もう心臓がバクバクでそれどころではなかった。本当に俺、こんな体験してしまっていいのだろうか。

もしかしなくても、俺はもう死んじゃうのではないだろうか。

「いや……俺もう死んでたんだった……」

つまり……死んだから神様からのご褒美……的な？

外れスキルなんて貰っちゃったけど、この体験ができるなら俺はもう満足です。

ありがとうございます神様。

「んんっ……ん～」

「………!!　寝よう!!」

アンナの寝息にドキドキしながら、俺は頑張って目をつぶった。

◆

「だ、大丈夫？　なんか……目が血走っているけど……」

「大丈夫だ……ちょっとハイになっているだけだから。なんなら超元気になっちゃってるから。もう最高の朝だよ。鳥のさえずりが心地よいよ。ああ最高にハイだねもう」

「ええ……？」

結局俺は一睡《いっすい》もできなかった。というか、何もなかった。誰だよ童貞卒業だってテンション上がっていた奴。

……まあ俺なんだけど。

だけど今……すごく幸せな気分だ。

なんたって、可愛い女の子と一晩中一緒にいられたのだからな。エロゲみたいな展開にはならなかったが、もう俺は満足です。前世ではこんなシチュ、全くなかったからなぁ……。

転生、最高。

「とりあえず……落ち着くためにコーヒー頼みますか？」

「そうするよ。ありがとうエイラ」

ちなみに、俺たちは朝からギルドまでやってきていた。

昨日は全く気がつかなかったが、どうやらこのギルドの中には喫茶店《きっさてん》も入っているらしい。なのでギルドに立ち寄るついでにモーニングを食べていた。

「眠そうなところ申し訳ないんだけど、早速私たちに依頼が届いているの」

そう言って、アンナが依頼書をテーブルの上に広げる。

俺は眠い目をこすりながら依頼書を眺めた。

「レッドル公爵《こうしゃく》から……って公爵!? 公爵ってすげえな!?」

思わず驚いてしまう。俺はあまり頭がいいわけじゃないから分からないが、確か公爵って貴族の中でも偉い方だったよな。

さすがSランク冒険者に入ってくる依頼は違うな……。

「びっくりです……! 公爵から依頼が来るなんて珍しいですね!」

エイラも驚いているから、やっぱりかなり珍しいことのようだ。

「うん。まあ今回の依頼はギルド側が私たちに回したものらしいけどね」

「んん? ギルド側が? 一体どうして」

尋ねると、アンナがぴんと指を立てる。

「ほら、昨日受付嬢さんが魔人族の警戒に当たってほしいって言ってたでしょ。どうやら魔人族関連らしいの」

魔人族関連か。だから俺たちに回ってきたんだな。

どこか納得しつつ、依頼書の内容を見る。

「詳細は挨拶《あいさつ》後説明する……か」

「さすがは公爵よね。すごく慎重《しんちょう》な人っぽい」

挨拶をするまで依頼の内容を言わないってのは、なかなかないことだと思う。

まあ俺たちの方からしても、依頼者から直接状況を聞けるのはありがたいことに変わりない。

「でも、どうやらすごく大変なことになってるとは軽く聞いたわ。急ぎで向かおっか」

「そうですね。……でもリッター様が本当に眠そうですけど大丈夫です？」

「俺は大丈夫だ……眠たいのには変わりないけど」

冷静になってきたら、かなり眠くなってきた。

もうずっとうとうとしてしまっている。

「わたしのお膝貸してあげましょうか？　少し休んでからいきます？」

「ありがとうエイラ……エイラ？」

お膝を貸してくれるって今言ったか？　それってつまり……あれだよな？

膝枕ってことだよな？

なんて魅力的な提案なんだ……今すぐにでも甘えたい……。

「もう、エイラは甘いんだから。お膝を貸すのはいいけど、終わってからね」

「ええ！　いいじゃないかアンナ！」

俺としては全力でエイラの提案に乗りたいところである。

膝枕だなんて至福《しふく》の時間、今後もう二度と味わえない可能性だってあるのだ。

「わがまま言わないの！　それに……ずるいし」

「ず、ずる……？　なんて？」

「いいから！　行くわよ！」

何かアンナが言ったような気もするが、確認する間もなく俺は無理矢理立ち上がらされた。膝枕は恋しいが、今は依頼に集中するべきだな。

よし俺、超頑張るぞ。

◆

「まさかギルドが馬車代まで負担してくれるなんてな」

「そうね。それほど危機感を持っているっぽい」

俺たちは馬車に乗りながら、レッドル公爵領を目指していた。

小窓から顔を出して、微《かす》かに当たる風が気持ちいい。

「それにしても公爵ですかぁ。どんな人なんでしょうね」

エイラが肩を揺らしながら聞いてくる。確かに公爵ってのはどんな人間なのだろうか。

俺は一応、伯爵に関しては嫌というほど見てきたが……まああんな感じだった。

だからあまり、貴族という身分にいい印象は持っていない。

「すごく領民思いのいい人らしいわよ。世間からの評判はとてもいいらしいわ」

「へぇ～それはすごいいな」

アルタール伯爵の世間での評判は……あんまりだった。

あの人は自分中心なところがあるから、それが原因だとは思うけど。

ん～……貴族にもいい人ってのがいるんだな。意外だ。

「まあそういう感じだから、会って変なことを言われるってのはないと思う。貴族ってプライドが高い人が多いからそういうイメージがあるけどね」

「ああ。貴族はプライドが高い」

「あれ？　なんだか確信めいた言い方をするね」

それもそうか。俺はあまり確信を持った言い方なんてしないからな。

少し不思議に思われても当然である。

「実は俺の元の家族が貴族でさ。ほら、アルタール伯爵って知ってる？」

「え!?　君って元貴族なの!?」

「マジですか!?」

「あんまり自慢できることじゃないんだけどね。実際無能の烙印《らくいん》を押されて追放されたし」

そう言うと、二人は目を丸くする。

「改めて思ったけど、その貴族は……言っちゃ悪いけど勘違いをしているか、ただの馬鹿ね」

「そうです！　ありえません！」

「ははは……でも実際、世間からの俺に対する印象が最悪だったからな」

俺が外れスキルを手に入れてしまったから仕方がないことだ。

でも最近、アンナたちと過ごしていると『実は俺のスキルってチートなんじゃね』と思い始めてきた。あまり声を大にしては言えないけどね。

「信じられない。やっぱり馬鹿なのよ」

「世間からの評判も、この様子だと間違いなく悪いでしょうね……」

そこまで言ってくれるのか……。なんか少しだけ嬉しい。

やっぱりこういう仲間がいるのって幸せなんだな。

「さて、そろそろな気がするんだけど——うわっ!」

「な、急に止まりましたね!?」

馬車が急停車したので、慌ててアンナが確認を取ろうとする。

顔を出して、外の様子を窺《うかが》っていたのだが。

「どうやら魔物に襲われたっぽい。今すぐ退治しなきゃ」

「マジか。よし、俺たちの出番だな」

「やったりましょう!」

そう言って、俺たちは馬車の外に飛び出した。

魔物との戦闘はやっぱり緊張するが、俺たちなら大丈夫だ。

「あれは……なんだ？　狼か？」

馬車の外には、三体の狼のような魔物がいた。

「シルバーウルフね。個体ランクはB。集団になって人間を襲うから、定期的に死者が出ているの」

どうやら厄介《やっかい》そうな敵らしい。俺はふうと息を吐いて、呼吸を整える。

アンナは剣を引き抜き、エイラは杖を構えた。

「やりましょう……精霊よ、我々に力の加護を与えよ《攻撃強化》っ！」

「ありがとうエイラ！　私たちも行くよ！」

「ああ！　任せてくれ！」

エイラが加護を発動すると同時に、俺たちも動く。

「はぁぁぁ！」

アンナの一撃が一体のシルバーウルフに直撃する。相手が怯んだのを見逃すことなく、彼女は追撃を繰り出し、一体の敵を倒す。しかし相手が魔物とはいえ知能がある。

仲間が倒されたのを察して、アンナめがけて一気に襲いかかってくる。

もちろん彼女は一人で対処できるだろう。

だけど……今は仲間の俺がいる。

俺が手助けしないと――！

「《ブレイド》ッッッ！」

手のひらを相手に向け、魔法を発動する。刹那、二体のシルバーウルフを俺の魔法が切り刻んだ。反撃する間も与えず、相手は静かに倒れる。

「ナイスリッター！　助かったよ！」

「さすがです！　やっぱり無詠唱は素晴らしいですね！」

俺がふうと息を吐こうとした瞬間、二人が抱きついてきた。

少し驚いてしまって、俺はわたわたしてしまう。

「みんながくれた魔導書のおかげだよ」

そう言うと、二人は大きく首を横に振る。

「その魔法……覚えようとするとかなりの時間が必要なんだよ？」

「わたしなんて覚えられてないんですよ」

「……やっぱり？」

俺が苦笑すると、エイラがにやりとする。

「《ブレイド》の詠唱……教えてあげましょうか？」

「遠慮しとくわ……」

多分、エイラはドヤ顔決めポーズを取りたいのだろうが、あえて遠慮をしておく。

というか、もういい加減俺のスキルがチートなのは理解できた。

「ほんとに遠慮しますか……？」

「……一応聞いとくわ」

「任されました！」

残念そうにするエイラを見ていると、俺の胸が苦しくなったので結局詠唱を聞くことにした。エイラは嬉しそうに決めポーズを取り、ドヤ顔で詠唱を始める。

「時空を裂き、風を切り裂く刃よ。我が声に応え、その無数の鋭さを現せ。鋼の嵐となりて、あらゆるものを粉砕し、破壊せん。数えきれぬ剣の影よ、闇を貫き光を裂け。無限の刃よ、今こそ我が敵を滅するために舞い踊れ！　刻まれし無数の刃——《ブレイド》！」

長すぎる詠唱をした後、エイラは満足そうに特撮ヒーローよろしくポーズを取る。

アンナは見慣れているのか、パチパチと拍手をしていた。

「ふふふ……どうですかリッター様！　長くないですか！」

「あ、ああ。長いな、ありがとう」

俺は苦笑しながら頭をかく。エイラってば……なんだかんだで癖が強いのな。

半ば反応に困っていると、アンナが馬車の方を指さした。

「さて、そろそろ行くよ」

というわけなので、俺たちは切り替えて馬車に再度乗り込むことにした。

御者《ぎょしゃ》さんが俺たちに感謝を伝えた後、再び馬車は動き始めた。

「しかし君は天才だよね。私なんてもう伸びしろなさそうなのに」

「ですです！　魔法を覚えれば覚えるほど、リッター様は強くなりますからね！」

「いやいや。俺なんて魔法を覚えなきゃ雑魚《ざこ》には変わりないよ。魔導書高いし……」

「ふふん。その辺りは私たちがフォローするから、君は無敵よ！」

「自信持ってください！」

ははは……自信を持ってか。確かにスキルの強さは理解したが、しかし現状は魔導書を女の子に買って貰っているヒモみたいなものだからな。

素直に『自分すごい！』って考えるのにも苦労しそうだ。

でも、そう言ってくれるだけで俺は嬉しい。

「自信持ってね！　あ、そろそろかな……」

「見えてきましたね！　レッドドル公爵領の町が！」

「おおマジか」

そう言いながら、俺は小窓から顔を出した。

◆

「だいぶ栄えてんなぁ。やっぱ公爵領ってのはすげえや」

馬車から降りた俺はレッドル公爵領の町を歩きながら、そんなことを呟《つぶや》いた。

伯爵領は嫌というほど見てきたが、やっぱり比較したらだいぶ違う。

人間の量も、建物の密度や高さも。

「ええと、レッドル公爵邸はこっちかしら」

アンナは先導しながら、公爵邸《てい》を探していた。やはり広い分、道が分からないのだろう。

地図を見ながら、むむむと唸っていた。

「多分あそこじゃないです？　一際《ひときわ》大きな家がありますよ」

「あ、あそこね！　門番もいるし間違いないはず！」

そして、俺たちは門番に事情を説明した後レッドル公爵邸の中に入ることに成功した。

うわ～すげえ。やっぱり貴族の家は違うな。

高そうな絵画や彫刻《ちょうこく》や諸々《もろもろ》、普通の家には置いてそうにないものがたくさんある。

「こちらになります」

召使いが一礼し、レッドル公爵が控えているであろう部屋まで案内してくれた。

俺たちは自分たちの服を少し整えた後、静かに扉を叩く。

「おお！　来てくれたか！　入ってくれていいぞ！」

しばらく待っていると、中からそんな声が聞こえてきた。

こほんと咳払《せきばら》いをした後、俺たちはゆっくりと中へ入る。

「君たちはリッターさん御一行《ごいっこう》だな！　噂は聞いているよ！」

「え……？」

目の前には貴族服を身にまとった一人の男がいた。ていうか待て待て待て。

今リッターさん御一行って言わなかったか？

どうしてアンナじゃなくて俺の名前が先に出てくる。

「いやー、実に会いたかったよ！」

「え、ええ？」

急に握手を求めてきたので、また困ってしまう。

どうして俺なんだ？

「ふふふ。やっぱりリッターの話は噂になっていますか？」

「ああ！　ドラゴンを倒したりオーガを倒したりと盛りだくさんだ！」

珍しく敬語を使っているアンナに不思議な気分になりつつも、アンナは聞く。

「突然現れ、嵐のように実績を作っているとな！　君のような才能溢《あふ》れる人間が現れてこの国の未来は明るいものだ！」

「ははは……俺はそんな人間じゃないんですけどね……」

照れくさい気持ちになりながら、俺は答える。

ってていうか、俺ごときが国の未来を保証できるなんて思えない。

俺はあくまで普通の人間だ。

「……む。しかし君の顔はどこかで見たな。私の記憶が正しければ……アルタール伯爵の息子だったか？」

「ご存じだったんですね。まあ……俺はアルタール家から追放されたので、ただのリッターですよ」

そう言うと、レッドドル公爵は驚きを見せる。

「家を追い出されたのか!?　才能溢れる君が!?　一体アルタール伯爵は何を考えているんだ!!」

言ってから、レッドドル公爵は呟く。

「以前から馬鹿だとは思っていたがそこまでだったとは……国王様にも伝えなければならないな……まあいい！　仕事の話をしようじゃないか！」

レッドドル公爵は両手をパンと叩き、笑顔で話し始める。

「しかしすまないね！　わざわざ王都から離れた領地まで来てもらって」

「いえ、お気になさらず！　ほら、仕事じゃないですか！」

公爵の言葉に、アンナは笑顔で答える。

「ははははそうだな！　アンナさんは上手いことを言う！　そう仕事だ！　気を使うことなんて一切ない！」

そう言いながら、レッドル公爵はガハハと笑う。

この人はなんていうか、豪快な方だ。

貴族っていうのはプライドの高い人間が多いイメージがあったが、こんな人もいるんだな。

レッドル公爵のような人が増えたら、もう少し生きやすくなるのに。

「さて、仕事の話だな！　今回君たちにしたい依頼というのは、キメラの討伐だ」

「キメラ……ですか？　合成獣がどうしてこんなところに……」

エイラはキメラと聞いて、むむむと唸る。

「ごめん。キメラってなんだ？」

俺はというと、そもそも合成獣が何かを理解していなかった。

聞いた感じ、何かを組み合わせたようなものなのだろうが。

「キメラっていうのは、一つの体に色々な魔物や種族の特徴を持つ魔物よ。大体は自然発生しなくて、人為的《じんい》なものが多かったりするの」

「人為的なもの……ってことは誰かが作ったってことなのか？」

「そうだ！　もちろん大方、魔人族の仕業《しわざ》だと睨んでいる。君たちも話は聞いているだろう？」

その問いに、俺たちは深く頷く。

となるとキメラは魔人族によって作り出された魔物ってことなのか。

……なんだか嫌な感じだな。

生命を弄《もてあそ》んでいるような気持ちがする。

「ともあれ、君たちにはそのキメラの討伐を任せたい。現時点で市民に被害は出ないよう兵士たちが頑張っているが、怪我人が多く出ている。これ以上は……死者が出るかもしれない」

「私たちに任せてください。即刻キメラを討伐し、兵士たちが休めるよう尽力《じんりょく》します」

そう言いながら、アンナが俺のことを見てウィンクをする。

「それに、私たちにはリッターがいますしね」

「ですです！　わたしたちにはリッター様がいるのですから！」

「待て待て。俺にあまり期待するなよ」

俺は慌てて訂正《ていせい》しようとするが、二人はくすりと笑うだけ。

「確かにそうだな！　私たちにはリッターさんが付いている！　期待しているぞ！」

「レッドル公爵まで……」

どうやら俺に逃げ場はないらしい。でも期待されるのは嬉しいことだ。

俺なんて外れスキル持ちの無能だって言われていたくらいなんだから。

「場所は公爵領東の森だ。目的地まで兵士に案内させよう」

「ありがとうございます！　よろしくお願いいたします！」

俺はレッドル公爵に頭を下げた後、アンナたちと視線を合わせて覚悟を決めた。

相手は恐らくかなり手強《てごわ》い。だけど……兵士たちが頑張っているんだ。

俺たちが助けないと。

「まさかリッター様にお会いすることができるとは……光栄です」

「ははは……俺は別に」

レッドル公爵の兵士に案内してもらいながら、俺たちは歩いていた。

というか……なんか兵士にも感激されているのだが。

俺、何かしたかな？

別に目立つようなことは何もしていないと思うんだけど。

「やっぱりリッターは有名だね。私たちも負けてられないな」

「ですです！　負けてばかりじゃいられません！」

「いやいや……二人まで……」

これじゃあまるで俺が有名人みたいじゃないか。まあ……俺の持っているスキルは外れと言われているから、ある意味有名になりえる素質は持っているのかもしれないけど。

「話が変わってしまい恐縮なのですが、キメラが確認された場所はあの辺りです」

兵士が立ち止まり、遠くの方を指さす。

その辺りは木々はあまり生えておらず、広い草原が広がっていた。

「申し訳ないのですが、私は危険なため一度帰還します！」

「ありがとうございました！　ここは俺たちに任せてください！」

「ええ！　私たちに任せてちょうだい！」

「です！」

そう言うと、兵士は一度敬礼をしてその場から去っていった。

やはり戦闘をするってなると、兵士たちがいたら危ないからな。

俺は呼吸を整えたあと、周囲を見渡す。

「しかしこんなに見晴らしがいいってのに、どこにもキメラは見当たらないな」

キメラがどんな生物なのか、どんな大きさなのかは知らない。

だから正直なんともなのだが、それでも見当たらないことに疑問を抱いていた。

「うん。キメラって色々な魔物の特徴を持っているから、何か変な能力でも使ってるのかも」

「変な能力……？　それがキメラが見当たらない原因なのか？」

「分からないけどね。もしかしたら、もう移動しちゃってここにはいないのかもしれないし」

俺たちは半ば困りながら、探し続ける。しかし現れてくれない以上は俺も何もできない。

どこか探しに動いてみるか……と思ったのだが。

——ザザッ!!


「なんだ!?」

「……!? みんな戦闘準備を!」

「は、はい!!」

正面の草が激しく揺れたかと思うと、透明な何かが俺たちの前を横切った。

俺たちは武器を構え、見えない相手が何者なのかをじっと見ていた。

「あれは……」

「キメラね。この様子だと透明化の能力も持っているっぽい」

うなり声が聞こえたかと思うと、ゆっくりとキメラの姿が現れた。

様々な魔物の特徴を持った体をこちらに向け、睨《ね》めつけてきている。

「飛竜《ひりゅう》の頭に鷹《たか》のような翼……尻尾《しっぽ》はカメレオンか?」

「そうね。透明化の能力が使える理由も、体にカメレオンを潜《ひそ》ませているからだと思う」

「厄介ですね……透明化の能力自体、かなり強力なものですから……」

エイラは少しため息をこぼしたあと、静かに杖を握る。

「ですが、わたしたちも経験は積んでいます。対策がないってわけじゃありません」

そう言いながら、エイラは俺の方を見る。

「リッター様に負けてばかりじゃいられませんしね」

「俺になんか負けていないよ……でも対策があるのは嬉しい」

俺たちは武器を握り、キメラとの戦闘態勢に入る。

相手は透明化の能力を持っている。

少しでも油断すれば、透明化からの攻撃で俺たちは全滅しかねない。

だが――こちらには経験豊富なアンナとエイラがいる。

決して劣勢《れっせい》というわけではないはずだ。

「来るよ、二人とも！」

「ああ！」

「準備できています！」

俺とアンナが前に出て、相手の攻撃に構える。瞬間、キメラは姿を消す。

集中……集中だ。

「燃えろ――《ファイア》ッッッ！」

俺は多数の魔法陣を同時に生み出し、炎を見えない敵に向かって打ち込む。

無事俺の攻撃はキメラにヒットする。

「やるねーリッター！」

アンナがサムズアップをしてきたので、俺は笑顔で答える。

「なんとなく試してみた！　アンナとエイラも頼む！」

「任せて」

「もちろんです。精霊よ、姿を暗ます魔物を現実へと還せ——《暴く》」

刹那、エイラの足下に魔法陣が浮かんだかと思うとキメラの姿が暴かれた。今は完璧に相手の姿が見える。すかさずアンナはバックステップを踏み、剣に魔力を付与していた。

「私の実力……見せてあげる。《裂壁斬《れっぺきざん》》ッ！」

アンナの一閃《いっせん》。

キメラは防ぐこともできずに、直撃を受ける。ゆらゆらと動きながら、キメラは俺たちを睨めつけてくる。しかし体力はかなり消耗してしまっているようだ。

次で——決める。

「リッター、頼んだよ！」

「リッター様、お願いします」

「ああ！　任せてくれ！」

俺はアンナとエイラを追い越し、キメラの正面へと飛び出す。

そして——《ブレイド》を発動した。

風が吹き荒れると同時に、数多《あまた》の攻撃がキメラに降り注いだ。

キメラは耐えることもできずにその場に静かに倒れる。

「よしっ……！　討伐完了！」

俺が声を上げると、二人が一斉に駆け寄ってきた。

「さっすがリッター。私たちのエースは違うね」

「ですです。かっこよかったですよ」

「あはは……あまり褒めるなって」

俺は恥ずかしい気持ちを抑えながら、頭をかいた。ともあれ、討伐はいったん完了である。レッドル公爵に報告をして……。

「お前たちか。オレたちの邪魔をしているのは」

だが、そんな思考を遮《さえぎ》るように知らない男の声が聞こえてきた。俺は慌てて周囲を見渡すが、どこにも男の姿はない。

「ここだよここ。全く……せっかくキメラを用意してやったのに、まさか討伐されるなんてな。残念だ」

一瞬、目の前の空間が歪《ゆが》んだかと思えば、男の姿が露《あら》わになった。恐らくはキメラと同じ、透明化の能力を使っていたのだろう。というか……この感じだと、ずっと近くで見ていたと言うことか。

男は面倒くさそうにしながら頭をかく。己が持つ角に触れ、俺たちの方を見てきた。

「アンナ……あいつ知ってるか？」

「……魔人族よ」

魔人族だって？

つまり俺たちの敵ってことか。俺はふうと息を吐いて、魔法を放つ準備をする。

いつだって戦える。

「まあ待て。別に今回は戦いに来たわけじゃない。挨拶だ」

そう言いながら、魔人族はにやりと笑う。

「オレはアグ。お前たちの想像通り魔人族だ」

アグと名乗った男は近くにあった木に背中を預けた。

ケラケラと笑いながら、俺たちを見る。

「で、あなたの目的はなんなの。どうして人間に攻撃をするの」

「目的だぁ？　そんなの決まってるだろ。復讐《ふくしゅう》だよ」

「復讐……？　一体どうして？」

アンナが尋ねると、男は答える。

「お前らの納得なんて知るかよ。ただ、殺したいんだ。人間をぶっ殺して、魔人族は更に上を目指す。まあまずはお前らの王国を滅ぼすことだ」

王国を滅ぼす……なんてやつだ。

「なんだよそれ。最悪じゃねえか」

俺は思わず、言葉を漏らしてしまう。

「最悪だぁ？　最高と言えよ」

それに対し、アグは両手を広げて満面の笑みで答えた。こいつは何を言っているんだ。

俺には……到底理解できない。何の復讐だかは知らない。人間が何をしたのかなんて知らない。だからといって、直接関係のない人間を殺そうとするなんて決して許されないことだ。

「ま、そういうことだ。末永《すえなが》くよろしくな。人間さんよ」

「最低……ここで仕留めないといけないようね。リッター、攻撃して」

「もちろんだアンナ。《ブリザド》」

俺は隙を一切見せることなく、魔法を相手にぶち込む。

被害がこれ以上出る前に仕留めなければ。

「おっと。残念でした。それじゃあな」

しかし、俺の魔法は当たることなくアグをすり抜けた。そして彼は静かに、闇の中に消えた。一体どういう原理かは分からないが、どうやら逃げられてしまったらしい。

俺は肩を竦めながら、アンナに声をかける。

「逃げられたな」

「仕方ないよ。とりあえず、魔人族の名前を知れただけ良いとしましょう」

アンナは嘆息すると、エイラもその様子を見てため息を吐いた。

「そうですね。ひとまず依頼は達成ですから、いったん喜ぶことにしますか」

「そうだな」

俺は頷き、拳を突き上げる。色々あったが依頼は達成だ。キメラとかいう厄介な魔物を見たときはどうなるかと思ったが、討伐はできた。

ひとまずこれを喜ぶべきだ。

「やっぱりリッター様の実力はいつ見ても痺《しび》れますね。ね、アンナさん」

「そうね。リッターを見ているとゾクゾクしちゃう」

「なんだそれ……キモいなお前ら」

ゾクゾクの意味が分からず、俺は俺でゾワゾワしてしまう。

なんか危機感を覚えてしまうんだけど。

「いったん帰って報告しましょ」

「帰還です～」

「そうだな。帰還だ」

俺たちは大きく息を吐いてから、レッドル公爵領へと歩き出した。

◆

「素晴らしい成果を挙げてくれた！　改めて感謝をしたい！」

レッドル公爵邸に戻ると、彼は満足そうに大きく手を叩いた。近くにいた兵士たちも拍手をしている。

なんだか少し照れくさいな。

「当然のことです。まあ……全部リッターのおかげですがね」

「ですです！　リッター様のおかげです！」

「おいおい……俺をあまり持ち上げるなって……」

俺は慌てて二人を止めに入るが、レッドル公爵は笑うのみである。

全く……俺は何度も言うが外れスキル持ちなんだ。転生した瞬間に親から見放され、虐げられてきた。二人は俺がすごいって言うけど、俺が多少すごく見えているのは全部二人のおかげなんだ。

俺自身は別にすごくなんてない。

「リッターさんよ！　君は謙虚でいいな！　私はすごく気に入ったぞ！」

「ははは……嬉しい限りです」

「しっかりアルタール伯爵には言っておくからな！」

「ははは……」

アルタール伯爵に言うって、一体何を言うのだろうか。別に言ったところで、あの息子はゴミだったとレッドル公爵にも共有されるだけだと思うが。

まあ、前の親に何を言われようが関係ないか。

今はもう縁を切られているわけだし、気にしても仕方がない。

「あの、ところでなのですが」

「どうしたアンナさん？」

アンナが恐縮しながらも、レッドル公爵に話しかける。

「キメラの討伐後、魔人族の一人と出会いました。名をアグと名乗っていたのですが……ご存じだったりしますか？」

「魔人族が現れたのか……？　アグ……聞いたことがないな。そもそも魔人族の名前なんて人間側には伝わってこないものだ」

「そうですよね……私も魔人族が名を名乗るなんて初めて見ました」

「しかし名乗るということは、それ相応の役職に就いているのかもしれない。これは国王様に報告せねばならないな」

そう言って、レッドル公爵は唸る。

「国王様には君たちが報告してくれないか。私の伝聞より、直接見た君たちの方がいいだろう。その時の状況や姿、どんな雰囲気だったのかなどを語るなら、私よりも君たちの方が適任だ」

「え、ええ!?　国王様に直接……ですか!?」

「わたしたちで構わないのです!?」

「構わんさ。私から言っておこう。君たちにとっても、悪い話じゃないはずだ。国王様と直接の繋《つな》がりを持てる人間もなかなかいないものだからな。頼めるだろうか、リッターさん」

レッドドル公爵が俺の顔を覗いてくる。

直接……国王様にか。

少しばかり緊張するが、とはいえこれはアンナたちの目標、国家直属の冒険者になることにも繋がってくるのではないだろうか。

国王様と直接繋がりを持っておいて、損はないだろう。

「分かりました。アンナたちもいいよな？」

「う……うん……ちょっと緊張するけどね」

「は、はいです！」

俺が二人に尋ねると、どこか緊張した様子で二人が頷いた。

「良い返事だ！　それでは、お三方には任せるぞ！」

どうやら俺たちは、直接国王様に会うことになってしまったらしい。

◆

「父上！　僕はドラゴンを倒すことにしました！」

「ほう……そうか……」

イダトは嬉々《きき》として、アルタール伯爵にドラゴン討伐をする旨《むね》を伝えに行った。

しかしアルタール伯爵の反応というのは、決してよくはなかった。

イダトは一瞬違和感を覚えるも、しかしすぐに忘れてしまった。

自身がこれから作るであろう伝説に胸を躍《おど》らせていたのだ。

「ドラゴン討伐をするならば、必ず倒してこい。決して負けるな」

「もちろんですよ父上！　僕は必ず討伐してきます！」

「……頼んだぞ」

どうしてアルタール伯爵はこのような反応なのか。

それは、リッターがドラゴンを討伐したという話が彼の耳にも入ってきていたからだ。

当然である。自分の領地内で発生した大事くらい、アルタール伯爵は把握《はあく》している。

しかも……リッターが討伐したのはただのドラゴンではない。

Sランク――いやそれ以上の可能性だってあるデルタ・ドラゴンという魔物だったのだから。

「それでは父上！　行って参ります！」

そうして、イダトは家を飛び出した。もちろん当てもなく飛び出したわけではない。

この辺りでドラゴンが生息している場所は把握している。

イダトはさながらプレゼントを貰ったばかりの子供のような表情を浮かべ、走っていった。

◆

アルタール伯爵領内でドラゴンが生息している場所へ、イダトは休むこともなく向かった。

そこは大きな山の頂上である。

レッドドラゴンという、ドラゴンの中では中級くらいの魔物が生息している場所だ。

「そろそろかな……！」

イダトは草をかきわけ、レッドドラゴンを探す。情報通りならそろそろ……なのだが。

「うおっ……!?」

進んでいると、突然咆哮のようなものが聞こえてきた。

耳をつんざくような音に、イダトは体を震わせる。

声がした方にゆっくりと体を進めると——。

「いた……!」

そこには、巨大な体躯《たいく》を持ったレッドドラゴンの姿があった。

イダトは更に胸を躍らせる。これから自分はあのドラゴンを討伐し、伝説を作るのだ。

あれほど小馬鹿にしてくる召使いも、これから何も言えなくなる。

自分が帰ってきたら、頭を必死に下げて「イダト様イダト様!」と媚《こ》びを売ってくるのだ。

「やってやる……! やってやる……!」

イダトは興奮していた。今すぐにでもドラゴンを殺したい。

しかし……イダトは分かっていなかった。

なんせ彼はまともに魔物と戦ったことなんてなかったのだ。自分の実力をあまりにも過信していた。彼はこれから地獄を見ることになる。

現実は……非情だということを思い知らされる。

「僕の《剣聖》は最強だ! 今すぐにお前をぶっ殺してやる!」

イダトは叫び、レッドドラゴンにこちらを向かせる。

ドラゴンはイダトをじっと見た後、すぐに敵だと理解して更に咆哮を上げた。

「ははは!!　テンション上がるなぁ!!」

イダトは剣を引き抜き、にやりと笑う。

一瞬で勝負はつけてやる。

自分の実力があれば、ドラゴンくらい秒だ。

なんて……思っていた。

「《剣聖》発動ッッッ！」

《剣聖》というスキルが持つ能力というのは。

――――――――――
《攻撃力上昇》
《身体能力上昇》
《剣技上昇》
《見切り》
――――――――――

大方このようなものだ。

やはり当たりスキルということもあって、色々と豪華なものである。

だが――イダトに限って言えばこれだけしか持っていない。

普通の人間ならばスキル以外にも努力をし、魔法を手に入れる。

しかしイダトはとことん怠《なま》けたため、これだけしか持っていないのだ。

ろくに実戦経験もない。

そんな人間がドラゴンに挑むと。

「くらえ――っな!?」

イダトの剣技は簡単にレッドドラゴンに読まれ、逆に攻撃を喰らうことになった。

《見切り》の能力でどうにか回避しようとするが、しかしながらイダトは回避することができなかった。

それもそうで、彼の能力は一切育っていない。

レベルで言うならたったの『1』だ。

相手に弾き飛ばされ、近くにあった木々に体を強くぶつける。

「うぐっ……!!　いてぇぇぇぇぇ!?」

イダトはぶつけた体の痛みに悶《もだ》えながら、どうにか相手を見据える。

レッドドラゴンはこちらを睨み、今すぐにでも殺す準備はできているようだった。

や、やばいかもしれない。

「クソ……！　僕が負けるわけがないだろう!!　次だ次！」

イダトは反省もせず、もう一度攻撃を相手に加えようとする。

だが、案の定かわされて逆に攻撃を喰らう。

「うぐっ!?」

ドラゴンのなぎ払いをもろに喰らってしまい、イダトの足からは血が流れた。

「や、やばい……やばいやばいやばい！」

脳内はパニックになる。

このままじゃ自分は死んでしまう。

だけど――ここで逃げるのか？

逃げてしまったら大恥だ。

あれほど偉そうにしていたのに、負けて帰ってきたら召使いたちには舐められる。

それに父上からも叱責《しっせき》されてしまうかもしれない。

嫌な考えが大きくイダトの脳内に過《よぎ》ってしまう。

「だ、だけど逃げなきゃヤバい!!」

イダトは泣きそうになりながら、ドラゴンに背を向けて走った。

レッドドラゴンは相手が弱者だとすぐに分かったのか、見向きもせずにイダトを逃した。

……この時点で、イダトはリッターよりも格下だと自分で証明してしまったのだ。

「最悪だ……最悪だ……！　この僕が……！」

しかし、どんなに悔しがっても事実は変わらない。

今のイダトには子供のようによしよしして甘やかしてくれる人間なんて誰もいないのだ。

第四章　俺は国王様に直接報告をするらしい

「国王様に私たち自ら報告……か……緊張するな」

「そうですね……めちゃくちゃ恐縮しちゃいます……」

アンナたちは帰りの馬車に揺られながら、そんなことを呟いていた。

実際俺も緊張はしている。

なんたって国家のトップに説明をしなければならないのだ。

万が一何かあれば極刑だってありえるってことを考えると、震えが止まらない。

「でも、俺たちの目標に少し……というかかなり近づけるわけだ。逆にチャンスだと思おう」

「確かに……そうだよね。これはチャンスだ」

「うん……！　ですね……！」

二人は拳をぎゅっと握り、にかっと笑う。

そう、これはチャンスなのだ。

俺たちにとっての目標を叶えるチャンスになりえる。

自分たちが少し、新たなステップに進むことができた事実を喜ぶことにした。

「しかし……やっぱり時間がかかるな」

俺たちは現状、王都へ戻る馬車に乗っているわけなのだが。

何故《なぜ》かかなり遠回りをするルートになってしまっていた。

「どうやら大きめの魔物が現れたらしくてね。危険だから遠回りしようとしているらしいの」

アンナがそんなことを説明してくれる。

危険な魔物が現れたか。

確かにそれなら遠回りをしているのにも納得がいく。

しかし……危険と言っても、今の俺なら……勝てるんじゃないのか？

「もしかして倒そうって思ってますか？」

「ああエイラ。俺たちならできそうじゃないか？」

その問いに、エイラはこくりと頷く。

「多分大丈夫だとは思いますが……しかし依頼とは関係ない魔物ですからね」

「そうね。依頼と関係のない魔物を倒すのはあまりよろしくないんだけど……」

恐らく勝手に倒して怪我した時などの対応が色々とあるから、ギルドとしてもやめて貰いたいと言ったところだろう。

「まあいいか！　それじゃあ、私たちで倒しちゃおっか」

「いいのか？」

アンナが馬車から降りようとするので、俺は念のために確認をしてみる。

「いいのいいの。怪我して迷惑かけなければ問題ないと思うから」

なるほど。ならやってみてもいいかもしれない。

御者さんに伝えた後、俺たちは馬車から飛び降りて件《くだん》の魔物を探すことにした。

「一体どんな魔物がいたんだ？」

「クマが魔物化したやつね。そもそもクマ自体が強力な動物だから、かなりの脅威《きょうい》を持っているよ」

相手はクマか……確かに強敵だな。

前世でもクマの被害は強大だった。それが魔物ともなれば、被害の大きさは想像するだけで恐ろしい。

俺たちがしばらく周囲を探索していると、地面に何やら爪でひっかいた跡のようなものが見つかった。

俺はしゃがみ込んで、地面の傷をさすってみる。

「これ、多分近いな」

恐らく、この傷は新しいものだ。

ならば……この近くにいてもおかしくはない。

少し緊張しながら立ち上がり、周囲を観察してみる。

「……何かがこちらに走ってきています！　かなり大きい――恐らく件の魔物です！」

エイラが慌てて杖を持って臨戦態勢に入る。

俺たちも倣《なら》って戦闘できる状態に入る。

――グオオオオ！

魔物のつんざくような咆哮に圧倒されるが、そこで怯むわけにはいかない。

「速攻で決める――」

俺は相手が攻撃してくるよりも先に動くことにした。

手のひらを構え、集中する。

「《ファイア》」

紅《あか》い魔法陣が現れたかと思えば、一瞬で魔物に向かって火の玉が放たれる。

その速度0・001秒。

あまりにも一瞬だった。

相手は反応することもできずに、俺の攻撃に当たってしまう。

「よし」

魔物は慌てて俺に反撃をしようと動いてくる。

さすがはクマだけあって、動きは俊敏《しゅんびん》だ。

けれど……詠唱なしで魔法を放てる俺の方が速い。

「《イカズチ》」

すぐに放たれた強力な一撃。雷の轟音が響いたかと思えば。クマの体はメラメラと燃えながらその場に倒れてしまった。

俺は両手を払った後、アンナたちの方を振り返る。

「終わったぞ」

なんて言うと、二人は目を輝かせた。

「うん、完璧だよ。大分戦闘には慣れてきたね」

「かなり強い魔物なんですけど、リッター様にとっては余裕でしたね」

二人はご満悦《まんえつ》と言った様子で、俺のことを褒めてくれる。

俺は嬉しくて頭をかきながらニヤニヤしてしまっていた。

「よし、それじゃあ馬車に戻ろっか。これで近道できるはずだよ」

◆

「にしても、眠いな」

俺はぐっと伸びをして、目をこすった。

それはそうと、ずっと俺は眠たかったのだ。

この依頼を受ける前から、眠たくて眠たくて何度倒れそうになったことか。

王都に到着するまで、少し寝ようかな。

「あ、それならわたしのお膝を貸してあげます！」

「え……？　あれ本気だったのか？」

思わず困惑してしまった。

「本気ですよ！」

ま、マジか。

俺……女の子のお膝で寝られるのか……？

「ふん！　勝手にすればいいじゃない！」

「アンナはなんで怒ってるんだよ」

「別に怒ってません！　どうぞお膝で眠ってください！　永遠に！」

やっぱ怒っているよな。

俺、何かしたかな？

というか永遠にって殺意高いなおい。

「だそうですよ！　さあ寝ちゃってください！」

しかしこんなご褒美シチュを見逃すほど俺は甘くはない。
アンナがなんか怒っているが、それでも構わない。
俺は前世では絶対に体験できなかった膝枕を今――やってみせる。
ゆっくりとエイラの膝に体重を乗せる。
ああ～……柔らけえ……なんて最高なんだ。
俺は涙を流しそうになりながら、エイラのお膝を堪能《たんのう》する。
「えへへ。なんだか可愛いですね」
「可愛くないわよ！　ふん！」
可愛いって言われたんだけど。
なんかアンナはぶち切れてるけど。
でも可愛いって……照れくさいな。
あ～……この時間が永遠に続けば良いのに。
生きてて良かった。
まあ一回死んでるけど。
「王都までもうすぐでちゅよ～」
エイラの甘やかしボイスに俺は静かに頷く。

若干《じゃっかん》赤ちゃんプレイになってきたような気がしなくもないが、どちらにせよ癒《い》やしなので問題ない。

最高である。

「今度は私が……やるから」

……？　なんかアンナが言ったような気がするけど聞き取れなかったな。

まあいいや。今の時間を楽しむことにしよう。

眠たいし。

◆

「おはようございます！　もうギルド前ですよ！」

「早く起きなさい！　もうっ……寝過ぎ！」

「んん……ああ？　もうついたのか」

俺はぐっと伸びをして起き上がる。

どうやらギルドについたらしい。

「ギルドに達成したことを報告して、その後国王様にも」

「早速だな。少し休みたいところだが……まあ国王様に報告してからでもいいか」

俺は馬車から飛び降りて、ギルドの中に入る。

相変わらずギルド内は騒がしく、様々な冒険者が行き交っている。

受付嬢さんの方まで歩き、今回の依頼が無事達成できたことを報告することにした。

「お疲れ様です！　レッドル公爵様からも聞いていますよ！　リッター様が大活躍だったとか！」

「え、俺のことを言っていたのか？　マジか……」

「さすがじゃない！　リッターはもう人気者ね！」

「さすがリッター様です！　わたしたちパーティの看板ですね！」

アンナとエイラが褒めてくるので、俺は恥ずかしく思いながら頭をかく。

「やめてくれよ……俺はそこまで目立つような人間じゃないんだ」

俺は苦笑しながら答える。

ともあれ、俺の名前を挙げてくれるのは嬉しいことだ。

こんな俺でも誰かの役に立てたことが嬉しい。

「他にもレッドル公爵様から聞いたのですが……国王様に情報を提供するんだとか……すごいですね！」

受付嬢さんは満面の笑みで言う。

どうやら受付嬢さんにもその情報は伝わっていたらしい。

それもそうか。さすがにギルドには情報は行くよな。

「ええ。私もびっくりしたんだけど、私たちが国王様に直接状況を説明することになったの……！」

「出世しましたね！　ギルドとしても嬉しいです！」

そう言われて、アンナたちは照れくさそうに笑う。

「まあ失礼のないようにしようぜ。なんていうか……俺の不釣り合い感は否《いな》めないけどな」

「全然そんなことないです！　リッター様の実力は本物なんですから自信を持ってくださ い！」

「ははは……そう言ってくれるのは二人だけだよ」

俺がしみじみと答えると、受付嬢さんが手を挙げる。

「当ギルドもリッター様に強く信頼を寄せていますよ！」

「どうやら私たちだけじゃないっぽいわね」

「いいのかって感じだけど……ありがとう。俺も頑張るよ」

こんだけ応援してくれたら、俺も頑張ろうって思える。

結果も少しは出てきたし、自信を持ってもいいかもしれないな。

「さて。国王様の件ですが、レッドル公爵様から既に連絡は行っているようです！　早速宮廷に向かわれてはいかがですか？」

「そうね。早速行きましょうか！」

「頑張りましょう！　わたしたちならできます！」

「俺も緊張するけど、頑張るよ」

外れスキル持ちの俺が、まさか国王様に挨拶することになるなんてな。

◆

「うおおお……やっぱすげえな」

宮廷へと続く道を歩いているのだが、やはり普通の道とは違う。

想像以上に人々が行き交っているし、立ち並んでいる建物も豪華だ。

やっぱり国王様が住まう場所までの道はすごいな。

「普段こんなところ歩かないから……少し緊張するね」

「ですね……普段から歩いている人ってどういうメンタルをしているのでしょうか……」

「そりゃ大層すごいんだろ。なんたって、普段から宮廷に出入りしているわけなんだからな」

そんな会話をしていると、気がついた頃には大きな門の前まで来ていた。

兵士たちが鋭い目つきで警備をしている。

「すみません。レッドル公爵からのご紹介で国王様に情報を提供することになっておりまして」

アンナが伝えると、兵士は静かに頷く。

「お前たちがアンナ一行だな。連絡は来ている。さあ入ってくれ、私が案内しよう」

「ありがとうございます」

一礼した後、俺たちは宮廷の中に入る。

「兵士の皆さんめちゃくちゃ怖かったですね……！」

「ああ……！　歴戦の猛者《もさ》って感じがした……！」

俺とエイラは顔を見合わせて、少し興奮気味に話をする。

やはり宮廷に仕えている兵士はひと味違うな。

「もう。兵士の方が目の前にいるのだから、ちょっと落ち着いてね」

「も、もちろんです」

「はいはい」

俺たちは適当に首肯《しゅこう》した後、宮廷の中を進み続ける。

やっぱり宮廷の中は豪華だ。高そうな装飾やら家具やら美術品やら。

まるで美術館の中に入ったかのような気分である。

こんな場所、現実では海外くらいにしかなさそうだよな。

俺が入って良い場所ではない。

「こちらが王の間だ。確認を取るから少し待ってくれ」

そう言って、兵士が大きな扉をノックする。

部屋の中に兵士が入っていき、少しすると話し声が聞こえてきた。

「緊張するな……」

「めちゃくちゃします……！　体ガクブルですよ……！」

「もう、緊張する必要はないよ……って言いたいところなんだけど……実は私も……」

全員が緊張していた。

そりゃ誰も経験したことがないからだろう。

特に俺なんて前世自宅警備員だったからな。

テレビや動画ですごい人を見る機会はあったが、実際に会ったことはあるわけがない。

特に国家のトップにご挨拶することになるだなんて、前世では絶対にありえなかったことである。

「大丈夫だそうだ。お前たち、入ってきてくれ」

話がまとまったのだろう。兵士が顔を出して指示を出してきた。

「は、はい！」

「分かりました！」

「よし……入るか……」

俺たちは緊張しながら、部屋の中へと入る。

「待っておった。私がエルビダ王国国王である。お主たちがリッター一行だな？」

待て待て待て。

なんで国王様からも最初に俺の名前が出てくるんだよ。

「レッドル公爵から話は聞いておる。お主たちが魔人族と遭遇《そうぐう》したことはな」

そう言いながら、国王様は静かに頷く。

ゆっくりとこちらに顔を向けてきたかと思うと、俺の名前を呼んだ。

「ところでリッターよ。お主の活躍も多く聞いている。デルタ・ドラゴンを討伐し、さらには数多くの高ランクの魔物を倒してきたと」

「で、でるたどらごん？　なんだろう……」

俺が首を傾げていると、アンナが耳打ちをしてくる。

「あれだよ……！　私と最初に出会った時に倒した魔物……！」

「ああ！　あのトカゲみたいなやつか！」

「ほほう。お主はドラゴンをトカゲのようなものというのか」

国王様は朗《ほが》らかに笑う。

やべ……国王様の前で変なこと言っちゃったかな。

なんかあったら極刑もありえるから下手なことは言わないよう気をつけないと……！

「構わん構わん。して矢継《やつ》ぎ早《ばや》に質問をして悪いが、お主は無詠唱で……更に短期間で魔法を習得し発動できると聞いたぞ。それは本当か？」

「は……はい！　あまり大層なものではありませんが……一応できます……！」

「大層なものではないか。しかし無詠唱で魔法を発動できた人間は過去に、賢者クラスしかいないものだが」

え……？　そうなの？

でも、ここ最近は色々と見たり経験したりしたが、無詠唱を扱える人間は誰一人としていなかった。それに、Sランクであるアンナたちがすごいと言うのだから実際にそうなのだろう。しかし、国王様にまで言われると少し恐縮してしまうな。

全く、本当に俺のスキルはチートすぎるな。

「そこで一つ試したいことがある。おい、魔導書を持ってきてくれるか」

「はっ！」

国王様は近くにいた兵士に指示を送る。

少し待っていると、やけに絢爛な魔導書が持ってこられた。

国王様は内容を確認した後、俺に手渡してくる。

「この魔導書は《聖者の剣》という名の魔法が記されたものだ。過去に扱えた人間は賢者クラスの者しかいない」

「え、ええと。そんな魔導書をどうして？」

「お主の噂が本当か試したいのだ。覚えてみろ」

俺に……こんなすごい魔法を覚えろって……？

多分できるだろうけど……ここまで色々な人に見られていると失敗した時が怖い。

でも……空気的に試さないとダメだよな。

やってみるか。

魔導書をめくり、中身を記憶する。

俺にとって、魔法を習得するのは難しいことではない。

魔導書を最後のページまでめくり、そっと閉じた。

「コマンドオープン」


《聖者の剣》を魔導書から記憶しました。

あなたが使用できるショートカットコマンド一覧
・《ヒール》

・《ブリザド》
・《ファイア》
・《イカズチ》
・《ブレイド》
・《聖者の剣》ＮＥＷ！

――――――――――――――――――


「記憶完了っと。これで扱えます」

「ほ、本当か……？　少し見せてくれぬか」

国王様の頼みに、俺は頷いて魔法を発動することにした。

《聖者の剣》ってのがどんな魔法か分からないが、とりあえず試してみよう。

俺は目の前に手を突き出し、

「《聖者の剣》」

そう言うと、魔法陣が展開される。

俺の手に魔法陣が重なったかと思うと、手には剣が握られていた。

「なんだこれ……今まで見てきた剣と雰囲気が全く違う……」

困惑していると、国王様は驚きながら答える。

「これが《聖者の剣》の能力だ。強力な剣を魔法陣から取り出すことができる。その剣は一振りすれば、簡単に地割れをも引き起こすレベルの代物《しろもの》だ」

「なんだそれ……」

「す、すごいよ！　伝説級の魔法じゃん！」

「やばすぎます！　さすがリッター様！」

俺が半ば動揺していると、国王様が拍手をした。

「感動した。お主にはまた魔導書を渡そうと思う。有効活用してくれ」

「は……！　ありがとうございます……！」

恐縮しながらも、剣を魔法陣にしまって頭を下げる。

「して、魔人族の話に戻るが。一体何が起きたんだ？」

「それがですね。実はキメラの討伐依頼を受けた際に、アグという魔人族と接敵しまして」

アンナが一歩前に出て、国王様に説明を始める。

少し緊張しているようにも見えるが、だいぶ慣れてきたようだ。

「多分……かなりの役職に就いている人物だと思います。そんな人物がこんなところに現れたってことは……本格的に私たちを攻撃しようと動き出していると考えてもおかしくはないかと」

「ふむ……そうか。なるほどな」

ど。

国王様はむむむと唸る。

どのような攻撃手段を持っているか……が未知数だから怖いところではあるのだけれ
「分かった。お主たちには継続的に魔人族の警戒に当たってほしいのだが、頼めるか」

「もちろんです！　国王様から直々《じきじき》にお願いされるなんて、すごく光栄です！」

「はい！　わたしたちに任せてください！」

「俺たちならできます！」

あまり断言するような言葉は苦手なのだが、今はするべきだろう。

彼女たちの目標のためにも、ここは頑張らねば。

「うむ。お主たちには期待しておる。これから数多くの成果を残せば、我々からも褒美を
用意しないとな」

「褒美……！」

「ですってアンナさん……！」

褒美という言葉に、二人は目を輝かせる。

やはり色々と期待してしまうよな。

でも少しは期待してもいいと思う。

俺らから希望を出すってこともできるだろうし。

「また何かあればすぐに連絡してほしい。宮廷の出入りは自由にしてくれて構わないし、足を運ぶほどでもない用件ならギルドに連絡してくれれば私に直接届く」

「はい！　もちろんです！」

俺たちは敬礼をし、頭を下げる。

ははは……俺たちもめちゃくちゃ出世したものだ。

◆

「んあ～……緊張したぁ！　本当に国王様と話すことができるなんて驚きだよ！」

「ですです！　これも全てリッター様のおかげですよ！」

「違うさ。二人の力があったからこそ、国王様に直接会うことができたんだよ」

宮廷から出た俺たちは、のんびり帰路についていた。

二人は謙虚だからこういう風に言うが、結局はアンナたちの実力があったからこそである。

俺なんて別に多少貢献《こうけん》したかしてないかくらいだ。

「しっかし疲れたなぁ。色々あるが、今は休めるうちに休みたいところだ」

「ふふふ……そう言うと思ってた！」

「ええ！　わたしたちに抜かりはありません！」

「なんだなんだ？　何かあるのか？」

二人がふふふと笑うので、俺は首を傾げてしまう。

一体何を俺に隠しているって言うのだ。

「これはなんだと思います？」

そう言って、エイラが麻袋《あさぶくろ》を取り出す。

「麻袋……だな。中にはお金が入っているのか？」

「ええ。ここ最近の依頼達成料が中に入っているよ」

「すげえ貯《た》まったな。俺たちだいぶ働いたってことか」

「その通り。私たちはだいぶ働きました」

二人はくつくつと笑いながら、俺に迫ってくる。

なんだなんだ。

一体何を隠しているんだ。

俺は固唾《かたず》を呑《の》み、二人が発言するのを待つ。

「というわけで、貯まったお金で温泉にでも……ってね。良い案でしょ？」

アンナがウィンクをして、そんな提案をしてきた。

しかし温泉か。

「異世界にもあるんだな……温泉って」

温泉と言えば日本の文化だと思っていたのだが、意外とそうでもないようだ。けれど、よく考えてみると西洋の人間が温泉のような場所に入っていたという話は聞いたことがある。まあ……正確にいえば、西洋の人間が現代日本に転移して、日本の風呂文化に感動するっていう映画を見たことがあるってだけなんだが。

「いせかいってのはよく分からないけど……少なくともこの国にはあるよ？　なんたって、温泉ってこの国では娯楽《ごらく》として大人気なんだから」

「ちょっとしたご褒美ですよね。知らないなら、体験した方がいいですよ！」

アンナとエイラがそう説明してくれた。なるほど、大体理解した。

「ぜひ体験してみたい。どんなものなのか気になるし」

前世では何もかも忘れたい時は、たまに一人で温泉に行っていた。

あれ、本当に疲れた時には沁《し》みるんだよな。

いや～……温泉に行けるならぜひ行きたい。

ひとっ風呂浴びてすっきりしたいところだ。

「全員賛成ってことね。それじゃあ温泉に行きましょうか！」

「行きましょう行きましょう！　レッツパラダイス！」

「レッツパラダイス！　温泉へゴーだ！」

俺たちは拳を掲げ、城下町を歩き始めた。

どうやら温泉は王都にもあるらしい。

多くの人々が行き交う中を歩きながら、温泉へと向かう。

「王都……と言っても、外れの方にあるんだけどね。でもでも森が近いからすっごく雰囲気はいいんだ」

「つまり自然たっぷりってことか……！　こんな都会で自然を楽しめるってのは貴重だな！」

「美味《おい》しいご飯もあるっぽいですよ」

「マジか、それは楽しみだぜ」

途中馬車に乗りながら、のんびり進んでいると。

「ここだよ」

「おお！　ここか！」

気がつくと大きな建物の前にいた。

なんだかすごく立派な建物だ。

「多くの市民が使うので、こんなに立派なんですよね」

「なるほど、だからか」

俺は頷き、建物を見据える。

「それじゃ――入ろうか！」

アンナの一声に、俺とエイラは拳を掲げて返事をする。

「おう！」

「はーい！」

そう言って、俺たちは建物の中に入っていった。

「それじゃあ私たちはここでお別れね」

中に入った俺たちは料金を支払い、後はもう入浴の準備をするだけとなった。

そんな中アンナはにやりと笑って俺のことを見てくる。

「一緒に入れなくて寂しい？」

「さ、寂しくない。なんで急にからかうようなことを言うんだよ！」

「可愛いからかな」

「ふふふ……確かに可愛いですよね。一緒にお風呂入れなくて残念ですか～？」

「エイラまで……！　別に残念じゃない！　やめてくれ！」

そう言うと、二人は満足そうに笑う。

全く……からかうのは勘弁《かんべん》してほしい。

恥ずかしいじゃないか。

「それじゃあね。温泉楽しんで」

「ばいばーいです！」

「ああ。そっちもな」

適当に言った後、俺はのれんをくぐった。

◆

温泉っていうのは、本当に心が安らぐものだ。

湯に浸《つ》かっている時だけは、全てを許してしまうって言うか……。

「だけど……違うんだよなぁ……」

俺は温泉の中で深呼吸をした。

もう心臓はバクバクで安らぐなんて段階ではなかった。

「どうして……どうしてアンナたちの声がこんなにも聞こえるんだよ」

実際問題。

現状、男湯なのにアンナたちの声がめちゃくちゃ響いてきていた。

もちろんアンナたちが入っている女湯は隣である。

ちょっとした壁を乗り越えたらそこはもう女湯だ。

だけどだ。

そりゃちょっと声を出したらどちらにも筒抜《つつぬ》け……だなんて設計はしないだろう。

「こっちは私たちしかいないね！」

「貸し切りです！　テンション上がっちゃいますね！」

どうやら貸し切りらしく、それでテンションが上がっているようだった。

だが……男湯も貸し切り状態である。そりゃ休日でもないし、ピークの時間でもないからそういうこともあるだろうが。

だからそれ自体は問題ないのだが……。

「なんか……あれだよな……ダメだよな……」

なんだか声を聞いているだけでも、ダメなことをしているようで心が持たない。

俺は大きく息を吐く。

「あはは！　体洗ってあげるよ！」

「いいんですか！　それじゃあわたしも洗ってあげます！」

「……おいおいマジかよ」

体の洗いっこを始めたらしい。

ダメダメダメ！

俺は一体どうして耳を傾けているんだ！

慌てて耳を塞《ふさ》ぐ。

だけど……耳を塞いでも普通に聞こえてくる。

俺は諦《あきら》めて、温泉の壁に背中を預けた。

「可愛い！　やめてくださいよ！　恥ずかしいじゃないですか！」

「きゃ！　こちょこちょこちょこちょ！」

俺の方が恥ずかしい。

二人は一体何をしているんだ……。

俺は顔が赤くなるのを感じながら、湯の中に顔を埋《うず》めた。

◆

「うぐ……ふらふらする……」

「大丈夫、リッター？　のぼせちゃった？」

「少し休みます？　これでも飲んでください。フルーツ牛乳です！」

「あ、ありがとう……」

温泉から上がった俺たちは、館内に設置されている椅子に座って一休みしていた。

しかし……本当にのぼせてしまった。

二人の声が聞こえてから、ずっと俺は湯の中に浸かっていたからな。

何も考えず煩悩《ぼんのう》に支配されず、虚無《きよむ》になろうとしていたのだが……それがダメだったらしい。

「ぷはぁ……フルーツ牛乳うめえ……！　やっぱこの世界でも牛乳は美味《うま》いなぁ」

温泉から上がった後に飲むフルーツ牛乳の美味さは異世界でも共通らしい。

しかし日本と似た文化があるなんて、この世界も案外悪くないな。

「リッターってば、よく別の世界から来たような言い方をするよね」

「あ、いや、なんだ。比喩《ひゆ》表現みたいなものだよ」

「なんですかそれ。小説家かなにかです？」

「そんな大層なものじゃないけどな」

正直に異世界から転生してきました……だなんて言えないよな。

それに、多分こういうのは言わないほうがいい。

俺は牛乳を一気に飲んでから、ふうと息を吐く。

「いいもんだなぁ……なんだか本当に仲間ができたみたいだ」

前世の俺にはなかった時間である。

周りに人がいた学生時代を思い出してみても、相変わらず孤独だった。

話しかけられたかと思ったら、何かの罰ゲームだったりしたし。

今考えてみると、俺の前世悲しすぎるだろ。

「もしかしてのぼせちゃってます？」

「仲間だよ？」

「仲間ですよリッター様！　どうしたのですか！　もしかしてのぼせちゃってます？」

「ははは……仲間になったんだったな。ごめんごめん、やっぱりのぼせちゃってるのかも」

今の俺は違う。

前世とは打って変わって、幸せな毎日を送っている。

なんだか信じられないことだけどな。

「さーて！　ご飯とかどうする？　何か美味しいもの食べようよ！」

「わたしお肉が食べたいです！　美味しいお肉！」

二人が立ち上がって、わいわい騒ぎ始めた。

俺は少し嬉しくなりながら二人を眺めた後、よっこらせと立ち上がる。

「俺も肉が食いたいな。久々にがっつり行きたい気分だ」

「お肉かぁ……それじゃあステーキとかどう？　めちゃくちゃがっつりじゃない？」

「いいですねステーキ！　わたしも大賛成です！」

「いいじゃねえか！　んじゃ俺もステーキで！」

「決まりね！　それじゃあ早速店選びでもしましょ！」

「いえーい！」

全く、俺は幸せものだぜ。

二人が駆けだしたのを眺めた後、俺は息を吐いてその背中を追いかけ始めた。

◆

「昨日のお肉は美味しかったですね！　思わずいっぱい食べちゃいました！」

「めちゃくちゃ食べたよな……ステーキ五枚くらい食ってなかったか？」

「ふふふ。五枚じゃありません七枚です！」

いつも通りギルドに集まった俺たちは、適当にジュースを飲みながら喋《しゃべ》っていた。

といっても、これからの依頼のことについて話をしにきたってのが本命だが。

「エイラ……あなたがめちゃくちゃ食べたからもう金欠なんだけど……」

「さすがに高級ステーキ七枚プラスデザートは……不味かったですかね？」

エイラが苦笑しながら小首を傾げると、アンナが大きくため息を吐く。

「食べ過ぎ！　別にいいけどね！　また稼げばいいわけだし！」

「そうだな。エイラは食べた分はしっかり働けよ」

「任せてください！　わたし、めちゃくちゃ働きます！」

エイラはガッツポーズを取って、にこりと笑う。

俺も昨日はめちゃくちゃ食ったし、食った分は働かないとな。

やっぱり久々に食べるステーキは美味かったなぁ。

またお金が入ったらステーキでも食べないかと提案してみてもいいかもしれない。

その度にエイラが食い過ぎて金欠になる未来が見えているが……。

「今日は依頼を受ける前にちょっと装備を整えたいんだけどいいかな？」

「装備か。それじゃあ武具屋にでも行くのか？」

「そうそう。たまには色々と仕入れとかないとね」

「……言っちゃ悪いがお金はあるのか？」

「さすがに使っていいお金とダメなお金は分けてるから大丈夫だよ」

アンナがそんなことを言うと、エイラが目を輝かせた。

「さすがです！　なら……もっとステーキ食べてもよかったかもですね！」

「エイラ。お前話聞いてたか」

「もちろん聞いてますよ！　もっとステーキ食べられたなって！」

絶対話聞いてないわこいつ。

まあそういうところもいいところだけど。

「それじゃあ行こっか！　良い感じの装備があったらいいなぁ」

「楽しみです！　ステーキは一度忘れて装備を見ましょう！」

「俺も何か見ようかな」

エイラは相変わらずステーキのことを忘れられないような感じだけど。

しかし装備か。

俺なんて一度として武器なんか触ったことないな。

そりゃ家が剣技に長けているところだったから、木剣は触ったことあるけど。

本物の剣には触らせてくれなかった。

まあ……俺が外れスキル持ちだから当然だけどさ。

「リッターも何か持っていた方がいいかもね！」

「ですです！　やっぱり武器を持っておいた方がいいですよ！」

「ふむ……いいのがあればいいなぁ」

なんてことを言いながら、俺たちはギルドから出ることにした。

しかし武具屋だなんて、何か厳《いか》つい店主が待っていそうで若干怖いな。

「そろそろかな！　でも久しぶりだね！」

「ですね！　ルビーさんは元気してますかね！」

俺たちは町を歩きながら、武具屋を目指していた。

しかし今、ルビーさんって言ったか？

「ごめん。ルビーさんって誰だ？　話の流れ的に武具屋関連だと思うんだけど」

「ルビーさんってのは武具屋の店主ですよ！　すっごく可愛いんですよね～！」

「可愛い……だと？　マジか」

なんだか驚きである。

武具屋の店主が可愛い女の子だなんて、どこかギャップがあって萌《も》えだ。

どんな人物なのか見てみたいな。

俺は少しワクワクしながら歩いていたのだが……なんだか悪い意味で目立つ建物の前で止まった。

「ここが武具屋だよ！　いつ見ても可愛い外見だよね～」

「……待ってくれ。可愛い外見なのはいいが武具屋にしては可愛すぎないか」

なんていうか、テーマパークの中にある建物のようだ。

めちゃくちゃファンシーでキラキラとしている。

ピンクの壁に星々の飾り付けがされているのが特にそれを際立たせている。

「まあまあいいじゃない！　入ろっ！」

「ああ……」

俺は二人に背中を押されるがまま、店内に入る。

中も中でなんかとてもファンシーだ。

並んでいる装備は普通なのだが、飾り付けが本当にキラキラしている。

これじゃあ武具屋じゃなくてアトラクションだ。

「おお！　アンナちゃんにエイラちゃんじゃん！　おっひさー！」

「おっひさールビーちゃん！　来たよ！」

「お久しぶりです！」

おおう……なんだかとてもキラキラな子が出てきた。

彼女が恐らくルビーさんなのだろう。

赤と黒が混じった綺麗な髪にギャルっぽい身なり。

どう見たって武具屋の店主だとは思えない。

「およおよ？　アンナちゃんの隣にいるのは誰？　ユーだよユー！」

「えと、俺はリッターって言います。アンナの新しい仲間的な感じで……」

「おうおう！　ユーはリッターって言うんだね！　よろしくちゃん！」

「よ、よろしくちゃん」

「ノリがいいね！　リッターのこと、あたし気に入ったよ！」

どうやら俺は気に入られたらしい。

しかし……彼女から陽の気配を感じすぎて陰キャモードが発動しちゃっている。

眩しい……彼女が眩しすぎる。

「でもでも本当に久々のお客さんだよ～……なぜかアンナちゃんたちくらいしかお客さんが来てくれないんだよね～……こんなに可愛いのに！」

原因はそれじゃないか？

だってこんなにキラキラしていたら、そこら辺の冒険者は入ってこられないだろう。

女冒険者でも若干厳しいと思う。

「ドンマイドンマイ！　私たちがいるじゃん！」

「ですよルビーさん！　安心してください！」

「うーんそうだね！　赤字だけど楽しいから問題ない！」

……なんだかとても騒がしい子が出てきたなぁ。

「してして！　今日は何用かな!?」

「何か良い感じの装備がないかなって見に来たんだよ。オススメか何かあるかな？」

「ほほう！　装備を見に来たんだね！　ふふふ、とってもいいものあるよー！」

そう言ってルビーさんは店の奥へと走って行く。

どうやら表には出していないものらしい。

アンナたちとルビーさんは友達っぽいから、彼女たちだけの特別製でも用意しているのだろう。

なんだかいいなそれ。

俺も仲良くなって個人的に武器とか用意してもらいたい。

別に変な意味ではない。

「これとかどうかね！　くまちゃんのぬいぐるみが付いてる剣！　んでんでこっちはイルカのぬいぐるみが付いた杖！　可愛いでしょ！」

ルビーさんが持ってきた武器は……なんていうか、またキラキラとしたものだった。

あんなにも可愛いが詰め込まれた武器は初めて見た。

いや……見覚えがないわけではない。

日曜朝に放送されていた魔法少女系アニメでよく見た。

「可愛いじゃん！　これにしよっかな！」

「わたしもこれにしましょうか！　イルカが可愛いですし、先っぽに飾られているハートがとってもキュートです！」

「待て待て待て！　さすがにこれは……可愛すぎないか？」

俺は慌てて止めに入る。

確かに可愛いのはいいことだと思う。

そりゃ女の子だから可愛いものを楽しむのが一番だ。

だけどだな……二人はSランク冒険者なわけだ。

すごい冒険者が……魔法少女的なキラキラファンタジーな装備を身につけていたらちょっとあれである。

ダメとは言わない。だけどイメージ的な問題だ。

「まあ確かに可愛すぎるかも……いつもの感じの落ち着いたものにしようかな！」

「うーん……そうですね！　あ、でも個人的にイルカのぬいぐるみはください！」

「くぅ～っ！　可愛すぎちゃったか！　あたしのセンスが良すぎたかぁ～！」

とりあえずルビーさんがこういうタイプで良かった。

もし俺の一言で傷つかれていたら焼き土下座案件だった。

ありがとう意外とあっさりしていて。

「ならなら！　これはどうかね？　可愛くはないけど性能はピカイチ！　剣には攻撃系のバフを多く付与していて、杖には魔力補助系のバフがめちゃくちゃ付いてる！」

「すごいなそれ。俺はあんまり知らないんだけど、武器にバフを永続的に付与するってヤバい技術なんじゃないのか？」

「ふふん！　お目が高いね！」

俺自身あまり武器に詳しくはないが、武器単体に永続的にバフが付与されているものなんて見たことがない。

確かイダトが昔欲しがってアルタール伯爵にねだっていたが、手に入れるのが難しいからって断られていたはずだ。

そんな大層なものがここで出てくるとは思いもしなかった。

「あたしってば天才だからこんなことできるんだよ！　えっへん！　やっぱりあたしって

可愛い！」

どうして可愛いに行き着くかは分からないが、技術力は本物らしい。

俺は半ば感心しながら武器を眺める。

「それじゃあこれにするよ！　ありがとう！」

「ありがとうございます！」

「いいのだよいいのだよ！　これがあたしの仕事だからね！」

しかし、この店は見た目は変わっているけれど、置いているものはかなりレベルが高い。

恐らくここまでの実力を持っている店主も、この国ではなかなかいないんじゃないだろうか。

「でも、本当にこの店はすごいよね～。なんでもある……ほら、これとか銀を使った防具じゃない？」

アンナが指さした場所を見ると、鈍い光を放つ銀の防具があった。

銀なんて言うと、貨幣にも使われたりするから聞いただけで貴重なものだと理解できる。

「さすがに高いですが……これを買うにはかなり勇気がいりますね……」

エイラが苦笑しながら、銀の防具を眺めている。

「銀は高いよな……でもこんな貴重な素材の防具を扱っているだなんて、ルビーさんはすごいんだな」

「へへへ！　あたしってばすごいからね！　努力を惜しまないっていうか、あたしの存在自体が努力そのものというか～！」

ちょっと何言っているのか分からないけれど、実際すごいのだから仕方がない。

俺たちは貴重な防具を見ながら、感心していたのだが。ルビーさんがおもむろに笑みを浮かべたかと思えば、防具を見ている俺たちの正面に無理矢理入ってきた。

「どうしたのルビーさん？」

疑問に思っていると、ルビーさんがにへらと笑って言う。

「これもレアなんだけど……もっとレアなものがあるって言ったら……興味あるかね？」

「そんなものがあるのか？」

「あるよ！　それはもうすっごいやつが！」

銀以上のものがあるのか……それは気になってしまう。これ以上貴重なものなんて、一般人である俺にはあまり想像できない。

「あるんだけど……それはもうすごいやつがあるんだけど……」

ルビーさんはその場でもじもじとして、なかなか結論を言わない。これは……俺の勘だが、何かありそうだな……。

「さっき選んだ武器……タダであげるから……少し頼み事を聞いてくれない？」

「いいの!?」

「なんでも聞きます！」

アンナとエイラは、まんまとルビーさんの策略に乗ってしまったようである。まあ……レアな武器がタダで貰えるなら、聞くのもありだとは思うが。

「実はどうしても欲しい素材があるんだよね！　もちろんアンナちゃんたちに頼む前に専門の業者に頼んだよ！　だけどぉ～……」

そう言いながら、ルビーさんはがっかりした表情を見せる。

「なんか厄介な魔物がいるとかなんとかでダメになっちゃってさ～！　でもでも……その素材がどうしても欲しいんだよねぇ」

「ルビーさんが欲しい素材ってのはどういうものなんだ？」

「よくぞ聞いてくれました！　リッター殿はいいセンスをしているねぇ！　褒美としてあたしのことをルビーちゃんと呼んでもよいぞ！」

「ルビーでいいか」

「恥ずかしがりめ！　仕方ないから呼び捨てでもよいぞ！」

ルビーは満足そうに笑う。

というか、この人は本当に元気だな。

いつも死にかけな俺とは、また別の種族のように感じる。

少しだけ羨ましい。

「素材っていうのが、ミスリルっていう金属なの。すっごく貴重で激カワな代物なんだけどぉ～！」

「ミスリルって本当に貴重な金属じゃない。業者に依頼するの高かったんじゃない？」

「本当に高かったよ!! だけど手に入らなかったって報告があった上にお金だけ持って行かれちゃって……とほほ。あたしはすっごく心とお財布が悲しいの……」

あまりファンタジー系のゲームをしない俺でも、ミスリルという金属に聞き覚えはあった。

確か相当軽くて硬い金属なんだっけか。魔法とも相性がいいから、魔法銀なんて呼ばれているという話も聞いたことがある。

しかしここの武具屋は色々と取りそろえているんだな。

「だからだから！ アンナちゃんたちなら厄介な魔物もワンパンしてミスリルもササッてゲットしちゃうでしょ!? なのでお願いしますか～！」

どうやらそういう理由で俺たちにお願いをしたいと言いますからしい。

まあ断る理由なんてないが、しかし厄介な魔物か。

これほど貴重な金属の前に立ちはだかる魔物って考えると……かなり手強いような気がする。

「わたしはいいですよ。なんたってリッター様がいますし」

「そうね。リッターがいるから私も構わないわ」

「え……!?　待ってくれ!?　俺に期待しすぎじゃないのか!?」

俺は慌てて首を振る。

だがもう遅かったらしい。

「ほほう！　リッター殿ってそんなにすごいのか！　よーし頼んだぞ盟友《めいゆう》！」

「はぁ!?　マジかよ……」

ため息を吐くと、アンナが耳打ちをしてきた。

「ほら。もしかしたら魔人族とも関係があるかもしれないじゃん」

「……まあ確かにそうかもだけど」

仕方がない。

二人がいいって言うなら構わないか。

俺は渋々頷く。

「さすがっ！　あたしは三人のこと信用していたよ！　それじゃ～頼んだ！　場所は王都西部にあるベガ山脈だよ！　よろしくぅ！」

金属ということで想像通りではあるが、やっぱり山の中なのか。

山ってことは数多くの魔物がいそうだが……。

仕方がない。

覚悟を決める他ないだろう。

◆

「ベガ山脈ねぇ……一応王都内にはあるんだな」

「まあね。王都自体かなり広いし、意外となんでもあるんだよ」

俺たちはベガ山脈近くの森まで来ていた。

森の中は薄暗く、決して雰囲気はよくない。

少し顔を上げると、木々の隙間から大きな山々がちらりと見える。

あれがベガ山脈の一部だろう。

「でも危なそうな気配がぷんぷんしますね……」

「そりゃそうだよ。この辺りは危ないって有名で好き好んで近かないから」

「マジですか!?　知らなかったです!?」

「エイラも知らなかったんだな。しかし……そんな場所ってなると体が震えるぜ……」

武者震《むしゃぶる》いではなく、純粋に怖い。

しかしながら依頼を引き受けてしまったからには仕方がない。

それにもう現地まで来ているわけだし。

「で、ミスリルなんてどうやってゲットするんだ？　俺は鉱物を発掘《はっくつ》する技術なんて持ち合わせていないぞ」

「もちろん私も。私たちの場合はそういう技術がないから基本的に魔物からのドロップ品を狙うことになるかな」

「ってことは……戦闘は絶対避けられないわけか。ひえ〜怖い」

俺は嘆息しながら歩く。

「リッターなら平気よ。なんたってリッターだからね！」

「リッターをなんだと思っているんだ……」

なんて会話をしていると、山への入り口が見えてきた。

俺たちは魔物がいないか確認した後、山へと入っていく。

相変わらず森と似たような感じで、薄暗い。

少し油断すれば怪我でもしてしまいそうだ。

「そろそろな……はずなんだけど……あ、あった」

アンナが何かを見つけたようで、急いで駆けていく。

こんな危なっかしいところをあの速度で走れるなんてすげえな。

俺なんてガクブルだってのに。

「洞窟《どうくつ》か……確かに鉱物がある可能性はあるな」

「中は更に暗そうですね」

「ここはエイラの魔法でどうにかしてもらおうかな。頼める？」

「もちろんです！」

そう言って、エイラがふうと息を吐く。

「精霊よ、暗がりに光を灯《とも》せ――《ライト》」

瞬間、魔法陣からふわふわとした光り輝く球体が出てきた。

球体は浮きながら、周囲を照らしてくれる。

「うおおすげえ……こんな魔法あるんだな」

「便利ですよね！　これ、頑張って覚えたんですよ！」

俺は半ば感動しながら、光に照らされた洞窟内を見渡す。

「さっさと向かうか。怖いことは素早く済ませてしまおう」

「そうね――って待って。何か近づいてきていない？」

「何か……足音がするような……」

俺は耳を澄《す》まし、音を探る。

確かに何かがこちらに向かってきているような気配がする。

「なんだ――うお!?」

洞窟の奥から、大量のゴブリンがこちらに向かってきていた。

「ヤバ!?　多分光に反応したんだと思う！」

暗がりの中を急に照らされたんだ。そりゃ洞窟で生活している魔物は何体か反応するよな……。

「よし、やろう」

俺たちは慌てて戦闘態勢に入った。

「ゴブリン程度なら問題ない。私たちに任せて」

「任せてください。こう見えて攻撃魔法だって扱えるところを見せてあげます！」

そう言って、二人が俺の一歩前に出る。

こう言ってくれているのだし、ここは一度二人に任せよう。

もちろん俺も戦闘準備はしておく。

「ゴブリンたち！　少し痛いよ！」

アンナが剣を構え――そして一閃。

素早い速度でゴブリンたちを切り伏せていく。

「わたしも負けていられません！　炎の精霊よ、眼前の敵を焼き払え――《ファイア》！」

エイラが杖をくるりと回すと、赤色の魔法陣が現れゴブリンを焼き払った。

俺も《ファイア》を扱うことができるが、詠唱ありのものは初めて見た。

普通はあのように扱うものなのか。

「やっぱ俺もやってやる！　《イカズチ》！」

二人の間を縫って飛び出し、俺は目の前に手のひらを掲げる。

刹那――まばゆい光が雷鳴とともに降り注いだ。

残党《ざんとう》を逃がすことなく、完全に仕留める。

ふう……やっぱ戦闘は緊張するけど達成した時は気持ちが良いな。

「やっぱりリッター様はすごいですね！　でもでも……わたしの《ファイア》見ましたか！

あれが普通の魔法です！」

「見たよ。でも詠唱ってのは格好がいいな……俺もあえて詠唱を……」

「絶対ダメです！　無詠唱が一番なのですから！」

「そ、そうか……」

俺は少し肩をすくめる。

しかし詠唱をして魔法を発動するのも悪くない。

エイラはそう言っているが、どこかで習ってみてもいいかもしれないな。

「えーと。まあさすがにゴブリンからじゃミスリルはドロップしないか」

アンナはゴブリンが倒れた辺りをあさって、小さくため息を吐いた。

もちろんここでミスリルがドロップしてくれたら楽だったのだが、さすがにないよな。

「ここでドロップしたとしても、洞窟の奥には行くけどね。厄介な魔物ってのが気になるし」

「そうだな。魔人族との関係も否定できないわけだし、引き続き探索するか」

「ですね！　ささ早く行きましょう！　厄介な敵は全てリッター様が倒してくれるのですから！」

「俺にあまり期待するなって！　緊張しちまうだろ！」

でも、期待してくれるってのは嬉しい。

前世では経験したことないものだし。

アンナたちが先に進むのを確認した後、俺も後ろを付いていく。

なんだか嫌な予感がするが、ともあれどうにかなるだろう。

しばらく進んでいると、崖《がけ》のような場所に出た。

下の方を眺めていると、水の流れる音がうっすらと聞こえてきた。

「崖の下に降りるしかなさそうね……エイラ、頼める？」

「もちろん！　ここはわたしの魔法にお任せを！」

ほほう。どうやらこの崖から降りる作戦が、エイラたちにはあるようだ。

「しかしこんな高さから降りる方法なんてあるのか？」

「あります！　まあわたしの手を握ってください！」

「手……手を握るのか!?」

「そうです、握るのです！」

そう言って、俺に向かって手を差し出してきた。

待て待て。待ってくれ。

俺は女性の手を握るとなると、緊張で大変なことになる。

なんてったって前世は陰キャを極めた真の陰キャだったのだ。

そんな人間が女性の手を握るだなんて！

「いいからいいから！　慣れたものでしょ！」

「……頑張る」

俺は気合いでエイラの手を握る。

……温かい。

やれやれ、女の子の手は柔らかくて最高だな。

「たまにはいいですよね、こうやって手を握るのも！」

「そうだね！　こういうのもたまには！」

「ああ。そうだな――って!?」

俺がそんなことを言おうとした刹那、エイラがぎゅっと引っ張ってきた。

「あ、ああ!?　うおおおお!?」

結果として、崖下に身を乗り出してしまった。

もちろん二人もである。

三人が一斉に崖下へ飛び降りたのだ。

「やばいやばいやばい！　死ぬ！」

もう一度死ぬなんて勘弁だ。

俺は泣きそうな声で叫ぶが……。

「風の精霊よ、我々に浮遊の加護を——《フローティング》」

「ほらリッター！　浮いてるよ！」

恐る恐る目を開くと、俺の体は確かに浮かんでいた。

「これが浮遊魔法です！　作戦はあるって言ったじゃないですか！」

「お、おおお！　すげえ!?」

エイラは俺の手を引いて、見えない階段を降りるかのように下へと進んでいく。

こんな魔法が存在しただなんて知らなかった。

やっぱり俺は未熟だな。

まだまだ知らないことが山ほどある。

「空中散歩も楽しいものだな！　おおっと！」

二人がジャンプをしたので、俺も倣って跳ねる。

ふわふわと体が落下していき、最下層の地面に足が付いた。

すごい魔法だった。

今度は町の中とかで使ってみてほしい。

俺が半ば感動しているとアンナがふむと頷く。

「そろそろ洞窟も終わりなはずなんだけど……」

「待ってください。奥に何か気配がします」

エイラが杖を構え、戦闘態勢に入る。

どうやら何かを感じ取ったらしい。

「気配……また敵か？」

「恐らくは。ただ先程までの敵とはまた気配が違います」

「強敵ってわけね。多分ルビーちゃんが言ってたやつでしょうね」

てことは俺たちが色々と確かめてやらないとな。

魔人族関連だったら問題だ。

「よーし。やってやるか」

「その意気よ。これは私たちの仕事だからね」

「やーったりましょう！　テンション上げていきますよ！」

俺たちはぐっと拳を握り、奥の方へと進んでいった。

「この奥ね。二人とも全力で頼むわよ」

俺たちは壁に背中を預け、恐らくこの先にいるであろう何かを警戒する。

「もちろんだ。緊張はするが、全力でやらせてもらう」

「任せてください！　リッター様がいれば問題ありません！」

「だからなぁ……」

俺は苦笑しながら、息を整える。

問題の魔物はすぐ近くだ。

「……なんだこの音」

「確かに。何か聞こえるわね」

「石……でしょうか？」

何か石が擦《こす》れるような音が聞こえる。

最初こそ些細《ささい》な音だったのだが、次第に大きくなってきた。

「こっちに向かってきている！　いったん離れるぞ！」

俺は慌てて声を出し、音がした反対の方向に回避行動を取る。

かなりの速度だった。

一体相手は何者なのだと、音がした方を見る。

「あれは……ゴーレムですね。石が擦れる音の正体はあれでしょう」

「ゴーレムか。初めて見た」

目の前には体が石でできた巨大な魔物がいた。

名前だけは聞いたことがある。

見た目の通り、石でできた怪物だったか。

しかし洞窟内でゴーレムだなんて、まあお似合いなこった。

「ゴーレムの討伐ランクはA程度って言われてる。でもゴーレム自体かなりレアな魔物だから情報が少ないかな……」

レアな魔物か。

そりゃこんな魔物がいれば、ルビーのお願いがダメになったって仕方がない。

下手すれば平気で死ねるからな。

「どうしてそんなレアな魔物がここに……って討伐してから考えるか！」

考えすぎても仕方のないことだ。ここはサクッと倒してしまった方がいいだろう。

「そうね！　せっかくだから国王様から貰った魔法を試してみてよ！」

「いいですね！　見てみたいです！」

「いいぜ。俺の新たな力、試そうじゃないか！」

そう言って、俺は相手のゴーレムを見据える。

見てろよゴーレム。

俺の新技を試してやる。

「《聖者の剣》」

俺が口ずさむと、巨大な魔法陣が手元に生成される。

魔法陣に手を突っ込み、中から美しい剣を引き抜いた。

宮廷で初めて使ったときから、この剣から感じるオーラは慣れないものだ。

しかし……剣なんて持つと、実家にいた頃を思い出してしまう。

イダトが持つ《剣聖》と、俺の《聖者の剣》。今の俺とイダトでは、どのくらいの差があるのだろうか。もしかしたら、この魔法はイダトのスキルを追い越せるんじゃ……。現時点では分からない……分からないからこそ——試したい。

「ゴーレムさんよぉ！　勝負だ！」

俺の声と同時に、ゴーレムが動きだす。

「っ！」

やはりかなりの速度だった。

咄嗟に回避行動を取るが、少しでも動きが遅かったら体ごと持って行かれていた。

あんなにも巨大なのに、よくもまあこんな速度が出せるものだ。

俺は地面に着地し、相手を見る。

やっぱり剣を持ちながら戦うのって難しいな。

これだけはイダトやアルタール伯爵を尊敬してしまう。

だけど、そんなことを言っているようじゃイダトの《剣聖》には勝てないだろう。

「はは……負けっぱなしは嫌だな。だから次は俺の番だ」

俺は息を整え、剣を構える。

ゴーレムの動きに体を合わせろ。

こちらから攻撃をするんじゃない。

相手の攻撃にカウンターをする形で剣を振るんだ。

「――ここだ！」

ゴーレムが腕を使いこちらに仕掛けてきた瞬間、俺は剣でカウンターをした。

瞬間、相手の腕がいとも簡単に破壊された。

「……マジか」

俺は思わず、そんな声を漏らしてしまう。

「嘘でしょ……？　あの巨体をあんなにもすんなり……！」

「やばすぎますぅ！　興奮しちゃいますよぉぉ!!」

おいおいマジか。

明らかに硬い岩の塊を一撃で斬り落としてしまった。

国王様から貰ったこの魔法、どうなってやがんだ。

いや……確か賢者クラスの人物が扱っていた代物だと言っていた記憶がある。

つまりこれって……かなりヤバい代物なんじゃないだろうか。

「って考えている暇なんてねえな」

俺は体勢を立て直し、ゴーレムを見据える。

腕を斬り落としたわけだが、ゴーレムは近くに大量にある岩を吸収して腕を修復していた。

とどのつまり、腕を一発斬り落とす程度じゃ討伐できないってわけだ。

「なら、一気にぶっ壊すしかないな」

俺は剣を構える。

大丈夫だ。今の俺ならある程度はどうにかなるはずだ。

「やっちゃって！　リッター！」

「頼みましたよ！」

「ははは……！　任せてくれ！」

二人にこんなにも期待されているんだ。

俺がこんなところで失敗するわけにはいかない。

「ふぅ……よし」

ゴーレムがこちらに向かって攻撃を仕掛けてくる。

俺は軽くいなして、相手の足下にスライディング。

どうにかゴーレムのふところに入ることができた。

すかさず剣を両足に向かって振るう。

ゴーレムはガタンと音を鳴らしながら、その場に倒れる。

だが足を失ったところでゴーレムは焦る様子は見せない。

すぐに回復を試みつつ、両手で俺に向かって攻撃を仕掛けてくる。

「防御……！」

剣を構え、攻撃を防ごうとする――瞬間。

ゴーレムの手と剣が触れた刹那、巨大な岩の塊が瓦解《がかい》した。

「おいおいマジか」

剣とゴーレムの手が当たった瞬間に瓦礫《がれき》と化したのだ。

ただ触れただけ。

それだけでゴーレムの手が無に還ったのだ。

「この剣……やべえな。てか、この魔法を予備動作なしで出せる《ショートカットコマンド》もやべえ……」

これを見る限りじゃあ……外れスキルだなんて言われていたのがバカみたいだ。《聖者の剣》という魔法も、あまりにもチートすぎ。

それを……無詠唱で。

俺は感嘆しながらも、すぐに思考を切り替える。

すごいすごいだなんて言っている余裕はない。

今やるべきことはゴーレムをぶっ飛ばすことだ。

「チャンスよ！」

「やっちゃってください！」

「おう！」

俺は二人の声に返事をしながら、ゴーレムに向かって一閃。

腕と足を失ったゴーレムの胴体に向かって大きな一撃を与えた。

結果として、ゴーレムは自らの修復が間に合うことなく完全に崩壊した。

瓦礫の山となったゴーレムを一瞥《いちべつ》した後、俺は拳を握りしめた。

「討伐完了……！　やった！」

ぐっと拳を突き上げると、二人が急いでこちらに駆け寄ってきた。

「さすがだよリッター！　かっこよかったよ！」

「好きです！　もう好きです！」

「照れるな……ってかエイラは好きだなんて簡単に言うなよな」

俺は苦笑しながらも、勝利を味わうことにした。

「えっとドロップ品は……」

アンナはゴーレムが倒れた場所に向かい、ドロップ品をあさっていた。

できればここでミスリルも出てほしいんだけど。

「あ、これかも」

そう言って、アンナが何かに手を伸ばす。

瞬間のことだった。

「え――」

「よぉ。アンナさんだっけか？」

「お前……！」

アンナが伸ばした手を、どこからともなく現れた魔人族――アグが握っていた。

俺は咄嗟にアグに接近し、アンナから手を離させる。

「おお怖い怖い。オレは挨拶がしたかっただけなんだけどなぁ」

「お前がいるってことは、やっぱり魔人族関連だったか」

「魔人族関連だぁ？　なんだお前ら、何かオレのことを探ってたのか？」

言いながらアグは面倒くさそうにする。

しかし本当に魔人族が現れるとは。

やっぱり色々と動いてそうだな。

「まあいい。ここに来るってことは……お前らの目的はどうせミスリルだろ。ベガ山脈と言えばミスリルだからなぁ。奇遇《きぐう》だが、オレの目的もミスリルだったんだ。自分のは回収したから、残りはお前らにやるよ」

アグは近くにドロップしていたミスリルを拾い、こちらに投げてきた。

「あわっ」

エイラが慌ててキャッチをする。

が、俺はすぐに魔法を放つ準備をした。

「なんでお前がミスリルなんか回収してんだよ。目的はなんだ」

「言うわけないだろ。ただ、大方お前らが考えている通りだよ。ククク……怖いか？」

「《ファイア》」

躊躇している暇はない。俺はすかさず魔法を発動するが、しかしアグに当たることはなかった。

「おっと危ない。リッターさんよぉ、簡単にオレを倒せるだなんて考えるんじゃないぜ？」

「考えてねえよ。俺はまだまだ実力不足だ」

「それならいい。雑魚は雑魚らしく、大人しくしているのが吉だぜ？」

こいつは本当に嫌な喋り方をする。

だけど、それ以上に自分に自信を持っていないとできない口調だ。

恐らく彼は本当に実力者なのだろう。

今の俺が真面目に戦って勝てるかどうかは未知数だ。

「せっかくなら戦ってやってもいいが、ちょっと時期が早いな。お前たちをさっさと殺しちまったら、楽しみが減っちまう」

そう言って、アグはくつくつと笑う。

「また会おう。時期が来たら、戦ってやるよ」

アグは静かに闇の中に体を沈める。

……行ってしまったか。

「あいつの目的、分からないね」

アンナがアグが消えた方を見ながらぼそりと呟く。

「復讐だとか、更に上を目指すだとか言っていましたけれど……なんだか分からなくなってきますね」

「ああ。何を考えているのか全く分からない」

俺は肩を竦めて、くるりと踵《きびす》を返す。

「とりあえず帰還しよう。ここにずっといても危ないだけだしな」

ひとまず、武具屋へ戻ることにした。

◆

「なんで僕が……！　どうして僕が……！」

イダトはボロボロになりながらも、必死でアルタール伯爵家へと帰ってきた。

ドラゴンにやられた傷が痛くて仕方がない。

それこそ、パッと見の文字の並びとしては歴戦の剣士のようなものだが、中身は圧倒的実力差による敗走によって付けられた傷だ。

恥ずかしくて言えたものじゃない。

「そこの召使い！　僕に手当てをしろぉ！」

近くにいた召使いに声を荒らげる。

召使いは一瞬緊張した様子を呈したが、イダトだと気がつくと呆《あき》れた表情を浮かべた。

それもそうで、彼はイダトがドラゴン討伐に出向く前に大言を吐いていた召使いだったからだ。

やっぱり予想通り、負けて帰ってきたか。

召使いが抱いた心情というのは、これだった。

「ドラゴンなど簡単に討伐するのではなかったのですか？　この様子では、負けてきたように見えますが」

冷酷《れいこく》に尋ねる。

イダトは唇をぐっと噛みしめ、睨めつけた。

しかし召使いは動じない。

今更イダトなど怖くもないのだ。

「お前……！　あまり舐めたことを言っていると、父上に言ってクビにしてやるからな……！　いいのか……!?」

「構いません、ご自由にどうぞ。叱責されるのは私ではなく、イダト様でしょうから」

正論であった。

父は父で追い詰められているのだ。

追放したリッターが様々な功績を残しているからである。

それによる責任も、周囲からアルタール伯爵は追及されていた。

見る目がない無能、無駄に肥えた意味のない目。

なんて言葉がアルタール伯爵に降り注いでいるのだから。

しかし、その事実を今のイダトは知らない。

だが、召使いの発言から何か異変を感じ取ってはいた。

「……てめえ！」

「はい。なんでしょう」

「っ……」

冷淡《れいたん》に返された言葉に、イダトは言い淀《よど》む。

明らかに自分が下だと思われている事実に狼狽《ろうばい》する。

「手当て……をしてくれ……頼む……」

イダトは怒鳴ることもせず、ただ悔しそうに言った。

これ以上召使いに言っても、自分が苦しい思いをするだけだと分かったからだ。

召使いは呆れた様子で、治療箱を取りに向かった。

ただ残されたイダトは唇を噛む。

「なんで……どうしてっ……！」

イダトは悔しさで胸がいっぱいになった。

自分に強気で逆らってくる召使いが憎くて仕方がなかった。

僕が何をしたって言うんだ。

何もしていないだろう！

と、何度も何度も胸の中で呟くが、誰にも届くことはない。

なんせ全ては自分のせいなのだから。

第五章　俺は三属性の最上位魔法を手に入れてしまったらしい

「やっぱりこの武具屋は色々と目立つな……」

俺たちは帰還し、武具屋の前まで来ていた。

しかし……本当にこの武具屋はキラキラしている。

俺はあまり記憶力がいいわけではなくて、一回来たくらいでは道なんて覚えることができないのだが。

この武具屋はキラキラしすぎて、迷うなんて概念すら悠久《ゆうきゅう》の彼方《かなた》に飛んで行くレベル。

「ただいま！　戻ったよー！」

「戻りました！」

二人が嬉々として中へと入っていくのを、俺は後ろから付いていく。

少し待っていると、奥からバタバタと音を立ててルビーが飛び出してきた。

「おうおう！　戻ったねー！　もしかしてもしかしてミスリル持ってきてくれたの!?」

「もちろんだ。ほら、ミスリル」

ルビーに手渡すと、彼女は目を輝かせて喜んだ。

「うおおおおお!!　ミスリルだー!!　この輝き、艶《つや》、堅さ！　エロい！　すっごく扇情《せんじょう》的！」

「お前は一体何を言っているんだ……大丈夫か？」

「そうは思わないかね男子!?」

「鉱石はちょっと……専門外ですかね……」

「なんだ専門外かぁ!?　性癖《せいへき》の幅が狭《せま》いねぇ訓練したまえ！」

「……アンナ。彼女って興奮したらこんな感じになるのか？」

「えっと……変わった子でしょ？」

変わった子というか、ヤバい人というか。

まさか鉱石がエロいか否かを問われる日が来るとは思いもしなかった。

生きていたら色々とあるもんなんだなぁ。

「うひゅ～……ミスリル最高だった……えへへ……よっし！　すっきりした！」

「すっきりしたか。よかった」

やけに彼女の顔が艶々している。

なんなんだこの人は。

「ああ！　そうそう！　それじゃあ、お礼の品物ね！」

そう言って、ルビーが武器をアンナたちに渡す。

これで俺たちもかなりの強化が入ったはずだ。

「ルビーちゃんありがとう！」

「ありがとうございます！」

「いいのだよいいのだよ！　こちらこそありがとうね！」

ルビーも満足そうである。

とりあえず依頼は完了ってことで良さそうだな。

「あ、そういえばリッターの武器はどうする？」

「そうでしたそうでした！　あ……でもリッター様って武器を魔法で出せますよね？　国王様から貰ったあれですよ」

エイラが手を叩き、俺に視線を送ってくる。

「え!?　魔法で武器を出せるの!?　すげぇ!!」

ああ……確か俺も武器を持った方がいいって話をしていたっけ。

ただ実際問題、超強い武器をいつでも取り出せる魔法を手に入れてしまったんだよな。

武器はとりあえずはいいってことにしようか。

「ねえねえ！　その魔法見せてよ！　あたし超気になるー！」

「……そんなに見たいのか。分かった分かった」

せっかくなので、ルビーに俺の武器を見せることにした。

「ルビーちゃんには言っていなかったけど、リッターって魔法を無詠唱で発動できるのよ」

「すごくないですか!?　無詠唱ですよ無詠唱!?」

アンナたちが興奮気味にルビーに説明をしていた。

まあ……すごいって言っても、俺のスキルは外れなんだけど。

とはいえ、それは魔法を少ししか扱えなかった頃の話だ。

今は当たりとまでは行かないものの、雑魚とは言えない性能になってきただろう。

「《聖者の剣》」

俺が言葉を紡《つむ》ぐと、魔法陣が生成される。

そこに腕を突っ込み、剣を取り出して見せた。

「本当に無詠唱で発動した!?　こんな真似《まね》できるの賢者くらいだよ!?　さてはユーって賢者だったりする!?　身分を隠して平民たちに紛《まぎ》れ込む系のあれぇ!?」

ルビーがハイテンションでこちらに迫ってきた。

「顔……！　顔が近い……！」

というか、もう俺に大接近である。

俺の腕を掴んで、ぐっと顔をこちらに寄せてきている。

や、やめてくれ……！

俺は超絶陰キャでどうしようもないレベルのコミュ障だから、女の子にこんなことされると頭が真っ白になってしまう。

「俺はただの……！　平民だから……！　これは俺のスキルで……！」

「スキルぅ!?　やべー当たりスキルじゃん!!　すげー!!」

やっと納得してくれたのか、俺から離れてくれた。

ぜえ……助かった。

危うく女の子に迫られて死ぬところだった。

いや、それはそれで幸せなのではと思ったけど気持ち悪いのでなしで。

「そしてそしてぇ！　リッターが出した剣を見せて!!　早く早く！」

「あ、ああ」

相変わらず興奮気味のルビーが俺から剣を奪い去り、半ば恍惚《こうこつ》とした目で眺めている。

なんていうか……とろんとしている。

「うへぇ……しゅごいこの剣……精巧《せいこう》に作られてて……材質は何これぇ……？　うふふ、うふふふふ……興奮しちゃうよ～♡　うぐっ……至る～♡」

「……大丈夫かこの子？」

「多分大丈夫じゃない？」

「本当かエイラ？」

「恐らく大丈夫ですよ！　ルビーちゃんはちょっとあれなだけで」

だろう。

しかし武具屋の人間が見蕩《みと》れてしまうほどってことは、この剣は本当にすごいものなの

「本当かよ……」

国王様はいい魔法をくれたな。

感謝せねばならない。

「ぐじゅ……やべ、よだれが出ちゃってた……こほん！　ともあれこの剣があるなら悔しいけどあたしの武器はいらないと思う！　いいもの見せて貰っちゃったな……えへへ……」

「お、おう」

俺は剣を返してもらい、魔法陣の中に仕舞《しま》った。

しかし……この人は本当にヤバい人かもしれない。

人間って剣だけであんだけ興奮できるものなんだな……。

「よしっ。それじゃあ私たちはそろそろ帰ろうかな」

「およ！　もう帰るのかぁ～寂しいけどまた来てね！　特に！」

そう言って、ルビーがこちらに詰め寄ってくる。

ぐっと顔を寄せて来て、にんまりと笑って見せた。

「また剣を見せてね……！　あれ、見てるだけですっごく興奮しちゃうから……じゅるり

……思い出すだけで体が熱くなってきた……」

「お、おう。ほどほどにな」

「ほどほどってなに!? さてはさては……リッターあたしに引いてるな？」

「引いてないよ。ヤバいやつだなって思ってるだけ」

「それを引いてるっていうの！ というか、『ヤバいやつ』ってわざわざ言葉にしなくてもいいじゃん！」

「いや～……」

「もういい！ とりまばいばーい！ さよならの投げキッスもしとくね！ ちゅっ！」

投げキッスって……確かにルビーは可愛いから嬉しいけど……なんていうか……うん。

「また来るわねルビーちゃん！」

「ばいばいです！」

俺たちはルビーに手を振りながら、キラキラ武具屋から出ることにした。

しっかし騒がしい人だったなぁ。

「うう……疲れた！ ひとまずギルドに報告だけして、その後はどうしようかな」

「外も暗いですし、休んでもいいかもですね」

「だねぇ。明日はとりあえず魔導書を見に行こうかな……あ、でもさすがに店で得られるものよりレベルの高いものがいいな……」

「店以外に何かあるのか？」

俺が尋ねると、アンナがこくりと頷く。

「国王様から宮廷の出入りを許可してもらったじゃない。実は宮廷の中には関係者しか入れない国家運営の図書館があってね。そこなら……」

「なんだそれ。絶対すごい魔導書があるじゃないか」

関係者しか入れない図書館があっただなんて知らなかった。

しかしそこなら店以上に強力な魔法がありそうだ。

それに俺のスキルは見るだけで魔法を記憶することができる。

店ではマナー的に決してしなかった、流し読みで記憶していくという荒技が使えるかもしれない。

「明日行ってみましょうか。期待しているよ、リッター！」

「絶対最強じゃないですか！　楽しみです！」

「俺も楽しみになってきた！　いやーどんな魔法を覚えようかな」

俺たちはドキドキワクワクしながら、魔法のことを考えていた。

ひとまずギルドが先だが、やることがあるっていうのはいいことだ。

「よーし！　それじゃあ報告しに行こう！」

「いえあ！」

「だな！」

そう言って、俺たちはギルドへと歩み始めた。

◆

「ご報告ありがとうございます！　しかし魔人族の動きが分からないですね……一体何が目的なのか……」

受付嬢さんに報告に来た俺たちであったが、案の定受付嬢さんも頭を悩ましていた。

やはり、魔人族の目的が未知数だ。

そりゃ一応アグ本人から目的は聞いているが、しかし信じ切れていない部分がある。

「だよねぇ。私たちで探るしかないけど、少し苦労しそう」

「ですね。頑張るしかありません」

二人が俺を見て、こくりと頷く。

俺も頷き、受付嬢さんを見た。

「むむむ……他の魔人族からも情報を聞き出すことができればいいのですが……今のところ一人にしか会っていないですからねぇ……むむむ……」

受付嬢さんはずっと頭を悩ませている状態だった。

だがすぐに俺たちの方を見て、笑みを浮かべる。

「失礼しました！　国王様には伝えておきますので、アンナさんたちは引き続き探ってみてください！　よろしくお願いいたします！」

「任せて！」

「もちろんです！」

「ああ、頑張るよ」

そう言って、俺たちはギルドの外に出ることにした。

もう外は暗くなってしまっている。

「ううっ……今日は疲れたなぁ」

「色々あったからな。まあ明日のことを考えると、少しは元気が出る」

「ですです！　少し疲れましたが、明日リッター様がもっと強くなるって思うとドキドキして眠れないかもしれません！」

「それは確かにだね！　でもでも、エイラはちゃんと寝ようね!?」

「が、頑張ります！」

「ははは。なんで俺じゃなくてお前たちが眠れなくなってるんだよ」

俺はケラケラと笑いながら、夜道を歩く。

でも待てよ。

これからアンナたちの家に行くんだよな。

もれなく一緒に寝ることになるんだよな。

「これ……俺が眠れないかもな……」

俺がため息を吐くと、二人がじっと見てくる。

「どうしたの？」

「どうかしました？」

「いーや。なんでもないよ」

まあいつかは慣れるだろう。

どれくらい経てば俺は二人と一緒に寝て熟睡《じゅくすい》できるようになるんだろうなぁ……。

◆

「……眠い」

「大丈夫そう……？」

「相変わらず眠そうですね……」

結局俺は眠ることができなかった。

それもそうである。女の子が隣で寝ている状況で爆睡できる男なんていないだろう。

いや……それは俺がこじらせているだけか……？

ないない。そうだと信じたい。

世の男たちは俺みたいに貧弱なはずだ。

「大丈夫大丈夫。多少眠いだけで問題ないよ」

「それならいいけど……じゃあ行こっか！」

「宮廷図書館へレッツゴーです！　ヒャッホー！」

やけにテンションが高いエイラが拳を突き上げる。

「レッツゴー！　ひゃっはー！」

俺も倣って拳を掲げる。声の高さはさながら某《ぼう》配管工のようである。

「……テンション高いわね」

「深夜テンションだからな」

「やっぱり眠れてないじゃない」

「おかげさまで色々と元気だから大丈夫」

アンナにツッコまれながらも、俺はにやりと笑う。

宮廷図書館って一体どんな場所だろうか。

前世では何度か図書館に行ったが、宮廷っていうくらいだから規模が違うんだろうなぁ。

なんて思いながら、俺たちは宮廷へと歩き始めた。

門まで行くと、相変わらず目つきの鋭い兵士が警備をしていた。

「すみません」

アンナが恐る恐る話しかけると、兵士は突然姿勢を正して敬礼をした。

「アンナ様たちだな！　国王様から許可は出ている！　宮廷には自由に出入りしてくれて構わない！」

そう言って兵士は道を空けてくれた。

「ははぁ……すげえな」

「すごいですね……！　なんだか興奮しちゃいます！」

「私もちょっとびっくりしちゃった」

俺たちは目を輝かせながら、宮廷の中へと入る。

相変わらず中は広く、何も考えずに歩いていたら道に迷ってしまいそうだ。

「ええと……宮廷図書館は……あった！」

アンナが一つの扉の前で止まる。

近くには『図書館』と書かれた看板が立っていた。

「ここかぁ……」

そんなことを言いながら、俺は扉を開く。

すると、まるでファンタジー世界に出てくるような巨大な図書館の内部が見えた。

いや、ファンタジー世界なのには間違いないんだけど。

「うおおお！　こんな図書館見たことありません！　一階も二階も本棚だらけですよ！」

「しっ……図書館では静かに。で、でも……これは驚いちゃうわね」

エイラは大興奮といった様子である。

ただ俺も半ば興奮している部分があった。

こんなにも数多くの図書があるなら、魔導書だってごろごろあるはずだ。

「早速魔導書を読みあさろうぜ。俺もワクワクしてきた」

「そうね。探しましょう」

「小声でいえーい……！」

なんかエイラのキャラ変わっていないか？

◆

「ええと……魔導書は……」

「広すぎて分かりませんね……」

俺たちはクソ広い宮廷図書館の中をさまよっていた。

「やっぱり司書さんに聞いた方がよかったんじゃないのか？」

「いーや。それじゃあ面白くないじゃない」

「お宝は己で探してこそ……ですよ……！」

「全く……よく分からんこだわりだな……」

嘆息しながら、俺は顔を上げる。

このコーナーは魔法歴史か。

グループ的に言えば近いとは思うから、どっかにあると思うんだけど。

「あ、あれじゃないか？　魔導書って書いてるぞ」

「あったー！　お宝ゲットだね」

「ふふふ……！　ありました……！」

二人はテンションが高い状態で、魔導書のコーナーに走って行く。

走るのもあまり良いことではないが、近くに人もいないから別に構わないだろう。

俺も彼女たちの背中を追いかけ、魔導書が並んでいるところに入った。

「すげーなこれ。全部魔導書か」

「やっぱり宮廷図書館は違うね。こんなにも魔導書が並んでいるの、初めて見たわ」

「しかも全部読み放題ですよ！　タダ……！　最&高じゃないですかぁ……！」

「エイラ。お前なんかオタクみたいになってるな」

「おたくって言葉がよく分からないですが、多分そうです……！」

まあでもそれもそうか。

なんたってエイラは魔法使いである。

大量の魔導書を前にしたら、そりゃ興奮するのも当然だと言える。

エイラは魔導書を手に取って、パラパラとページをめくっていく。

「むむむ……難しすぎてよく分かりませんね……なにこれぇ」

「やっぱり高度なものなの？」

アンナがエイラが読んでいる魔導書を覗き込む。

「すっごく高度です……わたし、こう見えて勉強はできる方なんですけど……それでも意味が分かりません」

エイラでも分からないものなのか。

やっぱり宮廷に保存されている書物は一般のものとは違うんだな。

俺は近くにあった魔導書を手に取り、中身を見てみる。

「これは《絶対零度《ぜったいれいど》》って魔法か。名前からしてブリザドの上位魔法かな」

「《絶対零度》……!?」

俺の呟きに、エイラが驚きを呈する。

何かおかしなことでも言っただろうか。

「それって上位魔法どころじゃないですよ!?　氷属性の魔法の中では最上位です！」

「ヤバいなそれ。ええと、記憶できるかな」

さすがにそんな大層な魔法、俺のスキルで覚えることができるのだろうか。

「コマンドオープン」


《絶対零度》を魔導書から記憶しました。

それに伴い《ブリザド》を消去しました。


あなたが使用できるショートカットコマンド一覧
・《ヒール》
・《ファイア》
・《イカズチ》
・《ブレイド》
・《聖者の剣》
・《絶対零度》ＮＥＷ！

「覚えられたわ」

「えええ!?」

「ほ、本当!?」

俺の一言に、二人が叫んだ。

「ヤバすぎませんか!?」

「ほ、本当に覚えることができたの!?」

二人が興奮しながら俺に詰め寄ってくる。

待て待て。近い近い。

「静かにしてください」

「あ……すみません……」

「失礼しました……」

たまたま通りかかったであろう職員に二人は注意されていた。

まあ……あんだけ騒いだら怒られるよな。

俺もぺこりと頭を下げた後、静かに声を出す。

「本当に覚えることができた。多分、いつだって発動することはできる」

「あのあの……！　それじゃあこれも……！」

そう言って、エイラが先程まで持っていた魔導書を手渡してきた。

「これは《獄炎《ごくえん》》という魔法で、炎属性の最上位魔法です……！」

「なるほどな。ちょっと覚えてみる」

俺は魔導書をめくり、内容を記憶していく。

最後のページを閲覧《えつらん》した頃には、もう《獄炎》を手に入れることができていた。


《獄炎》を魔導書から記憶しました。

それに伴い《ファイア》を消去しました。


あなたが使用できるショートカットコマンド一覧
・《ヒール》
・《イカズチ》
・《ブレイド》
・《聖者の剣》
・《絶対零度》
・《獄炎》ＮＥＷ！

「覚えることができた。これも使用可能だ」

「うおお……！　すごいです……！　まるで賢者みたい……！」

エイラは目を輝かせながら、俺の手を握ってくる。

「それじゃあこれも覚えられたりするの？　せっかくだから炎氷雷三属性の全てを最上位にしてみたいなって」

「これは……《雷電》って魔法か。やってみる」

「《雷電》も半端《はんぱ》ないですよ……!?　すごいなぁ……！」

俺は《雷電》の魔導書を受け取り、ページをめくっていく。

しかし……ちょっと頭が痛くなってきた。

どうしてだろうか。

《雷電》を魔導書から記憶しました。

それに伴い《イカズチ》を消去しました。

あなたが使用できるショートカットコマンド一覧

・《ヒール》
・《ブレイド》
・《聖者の剣》
・《絶対零度》
・《獄炎》
・《雷電》　ＮＥＷ！

――――――――――――――――――


「よし。記憶完了だ」

「本当⁉　さすがに驚いちゃうね……」

「やっぱりリッター様は賢者様ですよ！　間違いありません！」

「ははは……そんなに褒めるなって」

でも、これで俺の三属性魔法はかなり強化することができた。

これから戦いのレベルも上がってくるだろうが、どうにか付いていくことができるだろう。

「よし、もっと魔法を記憶しよ……う……」

瞬間、急に目眩がした。

頭が……痛い……。

「ヤバい……ダメだ……休ませてく……れ……」

「リッター!?」

「大丈夫ですか!?」

「多分……だ、大丈夫……だ……」

しかし、自分の体を支えることができず、俺はそのまま倒れてしまった。

頭が痛い。

体も重いし、ふらふらとする。

思考もままならない。

「だ――いじょ――リッ――」

どこからか声が聞こえる。

誰だろう……。

それに俺は何をしていたんだっけ……。

◆

「リ――ッ――リッター!!」

そうだ、俺は魔法を記憶して……！

「頭いったー……ここどこだぁ？」

目が覚めると、どこかのベッドに倒れていた。

俺は未だふわふわとしている頭を回しながら、周囲を見る。

「本当に心配したんだよ！　もう！」

「びっくりしましたよ！」

「うおお!?」

ここがどこだか認識する前に、突然アンナとエイラが抱きついてきた。

ぐっと顔を俺の体に埋めて、何度も名前を呼んでくる。

いきなりだったもので、俺の心臓は早鐘《はやがね》を打っていた。

「お、俺は大丈夫だから……！　な!?」

「ぐすっ……うん……」

「信じますからね……？」

そう言って、二人が俺から離れる。

もしかして……泣いているのか？

俺のために……泣いてくれているのか。

「本当に死んじゃったのかと思ったよ……！　びっくりしたんだから……！」

「そうですよ……！　突然倒れたんですから……！」

「ごめんごめん……でも、そうか」

少し頭が回り始めてきた。

恐らくだが、倒れたのは《ショートカットコマンド》が原因だろう。

あれほど一気に魔法を覚えたのは、今回が初めてだ。

しかも覚えた魔法はどれも最上位のもの。

となれば、自分の限界を一気に超えたことによる反動で倒れたのだろう。

俺のスキルは有能ではあるが、万能ではないということだ。

「ちなみに、ここはどこなんだ？」

「ここは宮廷内の医務室よ。倒れたのが宮廷だったから、まだよかったって感じ」

「これが外だったら大変なことになっていたかもな……」

俺は少し安心しながら、ベッドから立ち上がる。

「ちょ……大丈夫なのですか!?」

「大丈夫だよ。多分、魔法を無理して覚えすぎただけだから」

そう言ってグッドサインを送ると、エイラが苦笑する。

「確かに元気そうですね。安心しました」

「ごめんな。心配かけちゃって」

これからは魔法の覚えすぎには気をつけよう。

ところで。

「よし。早速覚えた魔法を試してみたいんだけど、いいかな？」

「本当に大丈夫なの……？　でもリッターのことだから大丈夫そうだね」

アンナはそんなことを言って微笑む。

「ギルドに行って試してみよっか。私たちもリッターの魔法、見てみたいしね」

エイラも頷き、俺たちはギルドに向かうことにした。

「にしても、俺が倒れたのって昼間だったよな……？　なんか今明るくないか？」

ギルドに向かう途中、俺はふと気になった。

宮廷に到着したのが昼間。そこから倒れたとなると、夜だったりすると思うのだが。

「丸一日寝てたのよ……」

「だから死んだと思ったんですよ……」

「マジか……反動ヤバいな」

どうやら俺は丸一日気絶してしまっていたらしい。

さすがにこればかりは気をつけないといけないな。

魔法の覚えすぎはやめた方がいいだろう。

あの時は最上位のものだったと言うのもあるだろうが、今後は魔法を覚えるのは『一日二個まで』としよう。

この制限を守れば、恐らくぶっ倒れることはない。

「ともあれ、ギルドで簡単な依頼を受けてみよう。訓練場でもいいけど、やっぱり魔物で試してみたい」

◆

「おかえりなさい！　皆様お元気ですか！」

「元気だよ。受付嬢さんもなんだか元気そうじゃないか」

「えへへ……そうなんですよ……！」

俺がそう返すと、受付嬢さんはニヤニヤと笑う。

何か良いことでもあったのだろうか。

「実はですね……！　私ってアンナさんたちの担当じゃないですか……！」

「そうなのか？」

「ええ。この受付嬢さんにはお世話になってるわ」

「もう！　リッター様は知らなかったのですか！　悲しいです！」

ツンツンと俺の頬を受付嬢さんが突いてくる。

……本当にテンションが高いな。

俺は苦笑しながら、軽く回避する。

「えへへ。アンナさんたちが色々と頑張ってくださったおかげでですね、担当している私の評価が大きく上がりまして……！　お給料がめちゃくちゃ上がったんですよ！」

「なるほどね。だから機嫌がいいと」

「そうです！　いやー、感謝してますよ皆さんにはー！　ツンツン！」

「それに分かった。だから俺の頬は突かないでくれ」

「す、すみません……！　テンションが上がっちゃって！　えへへ……！」

全く、仕方がないな。

それに評価が上がったってことは、俺たちへの支援もしやすくなった可能性もあるし。

「ところで、今日は簡単な依頼を受けたくて来たんだ。新しい魔法を試すのに良い感じのやつあるかな？」

「もちろんありますよ！　ガマガエルの討伐はいかがでしょう！」

「カエルか……さすがに小さいから試すには……」

俺が悩んでいると、エイラが肩を叩いてくる。

「その点は安心してください！　かなり大きいですよあれ！」

「え、デカいのか？」

「気持ち悪いくらいデカいです！」

デカいカエルか……嫌だなそれ。

まあ討伐難易度も低いし、試すにはちょうどいいか。

「それじゃあそれでお願いします」

「もちろんです！　承認しましたので、いつでもどうぞ！」

デカいカエルって点が少し気持ち悪いけど、まあ経験だ経験。

よっし、魔法を試してみるか。

◆

「こうやって近くの草原に出たのは初めてかもしれないなぁ」

俺は王都のすぐ近くの草原に出て、依頼対象であるガマガエルを探していた。

大抵遠くに出向いていたから、このように草原に出る機会はなかった。

「王都近くの草原は平和なんですよねぇ～ほのぼのします」

「昔はここでよく訓練をしていたよね。懐かしいな」

「へぇ。二人にも下積み期間があるって、なんだか不思議だな」

二人は最初から強いって印象しかないから、どこか信じられないでいた。

「私たちだって努力したよ。もう本当に大変だった……」

「あの頃は苦労しましたねぇ……」

そう言いながら、二人は肩を竦《すく》める。

「お金もあまり稼げていなかったから、毎日パン一切れだったし……」

「死にそうでしたね……」

「やばいなそれ。よく動けたな」

「気合いだよ……」

「です……」

二人は苦笑しながら、肩を揺らす。

大変だったんだな。

俺なんてまだ貴族の家にはいたからマシだったのかもしれない。

こう考えてみると、俺はまだまだ努力が足りないな。

「そろそろ……あ、いた」

「うへぇ～気持ち悪いですねぇ……」

二人が指さした方を見ると、やけに大きいシルエットが見えた。

「本当にデカいカエルだ……」

目の前に、巨大な黄褐色のカエルが三体もいる。

しかもめちゃくちゃ体がぬるぬるしているし、目も気持ち悪い。

小さいカエルはまだ可愛く見えるが、これはただ怖いし気持ち悪いだけだ。

「まあいい！　試したくてウズウズしていたんだ！」

俺はそう言って、相手を見据える。

腕を目の前に突きだし、にやりと笑った。

「《絶対零度》ッッッ！」

刹那、俺の手のひらがまばゆく光る。

幾重《いくえ》もの魔法陣が生み出され、吹雪《ふぶき》をまといながら回転を始めた。

そして——一瞬にして三体のガマガエルを氷漬けにした。

「おいおい……マジか」

これほどまでに巨大なカエルを、一撃で凍らせてしまうだなんて。

さすがは最上位の魔法だ。

他のものとは比較にならない。

「ってか！　一体ずつ仕留めようとしたのに、一撃でやっちゃったじゃん！」

俺は嘆息しながら頭をかき、アンナたちの方へ戻る。

「……ヤバすぎない？」

「あの巨大な体を……一撃で……？」

「正直ヤバいよな。もう少し試してみたいんだけど、もっと魔物を探してみないか？」

そう言うと、二人は目を見開いて詰め寄ってくる。

「冷静すぎるよ！　今の相当ヤバかったよ!?」

「まさに賢者様です！　半端ないです！」

「いやいや……確かにすごいかもしれないが賢者ではないかな」

それに俺がすごいのではなく、魔法がすごいのだ。

《ショートカットコマンド》があるから使えているだけで、別に俺は普通である。

まあ、こうして俺のことをすごいって言ってくれるのは嬉しいけれど。

「……やっぱりリッターは大物ね」

「そうですね。もっともっとリッター様を囲いましょう……」

◆

「父上……き、急に呼び出してどうしたのですか……？」

イダトは半ば動揺しながら、自分を呼び出したアルタール伯爵を見つめていた。

以前、自分はドラゴンの討伐に失敗した。

もしも父親に直接報告すれば罵られるかもしれないと怯え、結局伝えることはなかったのだが。

ともあれ、そのようなことはアルタールにはバレているもので、今回呼び出された理由もおおよそそのことだろうとイダトでも想像はできた。

「ドラゴンの討伐に失敗したか……お前だけが私の誇りであったのに……！」

そう言って、アルタールは殺意のこもった目でイダトを睨み付ける。

イダトは震えた。

このような目を、父親に向けられたことがなかったからだ。

次第に自分がしてしまった失敗が、どれほど重かったのか理解し始める。

「た、たまたまで……！　僕はたまたま調子が悪かったから失敗しただけで……！」

だが、イダトは惨めにも言い訳をした。

これが《剣聖》のスキルを持つ者がする発言だと思うと、呆れて声も出ない。

「黙れ！　お前はリッターとは違い、ドラゴンを討伐できなかった愚か者なのだ！」

「え……？　リッター……？　どうしてその名を今……？」

イダトは何故リッターという名前が父親から出てきたのか理解ができなかった。

それに、『リッターとは違い』だって？

その言い方じゃあ、まるでリッターはドラゴンを討伐できたかのように聞こえるじゃないか。

と思ったのだが、しかしアルタールは更に現実を突きつけてくる。

「リッターは家を出て行ってから、数多くの実績を残したようだ……そして、そのような人物を追放した私は『愚か者』『目が肥えただけのバカ』だと世間から言われている……！　お前は知らないだろうがな……！」

「そ、そんな……嘘だろ……」

イダトは言葉が出てこなかった。

まさかあいつがそのような実績を残すだなんて思いもしなかったからだ。

これじゃあまるで、自分たちがバカみたいじゃないか。

「私がバカだった……お前に期待した私が愚かだった……」

「待ってください！　僕はこれからもっと実績を積みます！　だから――」

「黙れ！　お前に命令する！　今すぐリッターを連れ戻せ！　分かったか！」

イダトの発言を封じ、アルタールはこのような指示を飛ばした。

「いや！　僕がいるじゃないですか!?」

「これ以上反抗するなら、貴様を追放してもよいのだぞ!?」

「……そ、そんな」

何も言葉が出なかった。

これじゃあまるで、自分が無能みたいじゃないか。

だけど、今の自分には何もできない。

反論しようものなら、この家からも追い出される。

「分かりました……どうにか、します……」

自分が、この自分が。

リッターよりも優れているはずの自分が……！

「どうして……だよ……！」

イダトの口からこぼれた言葉は、誰にも拾われることなくただ霧散《むさん》した。

第六章 ― 俺はイダトを分からせてしまったらしい

「もう少し魔法を試してみたいんだけど構わないか？　だって《絶対零度》しか使えなかったし」

ガマガエルの討伐を完了した俺は、少し休憩《きゅうけい》をしながらアンナたちに提案をしてみた。

やはりもう少し魔法を色々と試したいところだ。

完全に依頼から脱線しているから、報酬《ほうしゅう》以上の働きをすることになるが、それは別に構わないだろう。

「いいよ！　もっとやろう！」

「わたしも賛成です！　リッター様の魔法をもっともっと見てみたいです……し？」

エイラは言いかけるが、途中で言葉を詰まらせる。

「あれ……？　受付嬢さん、走ってきてませんか？」

「嘘だぁ。こんなところに受付嬢さんがいるわけないだろ……」

俺は苦笑しながら、エイラが指さした方向を見る。

あれ……確かに誰かが走ってきているな。

ううん……いや、あれ受付嬢さんだ。

「マジだ……どうしたんだろ」

「何かあったのかな？」

俺たちが困惑していると、受付嬢さんがぜぇぜぇと肩で息をしながらやってきた。

もうふらふらとしている。

「どうしたんだ？　何かあったのか？」

「そ、それがですね……！　本当に大変なことが起きまして……！」

受付嬢さんは焦りながら、俺にぐっと近づいてきた。

「あなたですよあなた!!　問題なのはあなたです!!」

「ええ……俺ぇ？」

「そうです！　もう、こっちは本当にびっくりしたんですからね!?」

なんだろう……俺、何かしちゃったかな？

漫画でよくある無自覚系主人公的な思考になってしまうが、本当に自覚がない。

全く心当たりがない。分からん。

「アルタール伯爵がリッター様に帰還命令を出しています……！　しかもしかも……！

どうやら息子のイダト様がこちらに向かってきているようでして……！」

「嘘だろ？　どうして今更……家族の縁はもう切ったはずなのにな」

「知りませんよ！　と、とにかく急いでギルドに戻ってきてください！　いいですね！」

そう言って、受付嬢さんがあたふたと王都へ引き返していく。

なんだか大変そうだなぁ。

「……さて、魔法の続きをしよっかな」

俺はパンと手を叩き、違う方を向くとアンナとエイラが手を掴んできた。

「いや、戻らないの……？」

「受付嬢さん……超テンパってましたが……」

「戻らないよ。大丈夫大丈夫、受付嬢さんがどうにかしてくれるさ」

「戻ろうよ!?　あのままじゃ、全てが終わった後に怒られるよ!?」

「下手すれば殺されますよ!?　受付嬢さん、めっちゃ殺意こもった目でリッター様のこと見ていました！」

二人がぶんぶんと俺の手を振って抗議してくる。

「いや……だって面倒くさいし……」

「どうして!?」

「なにゆえです!?」

行きたくない。絶対に戻りたくない。

「はぁ……ったく、しゃーないな」

ただ受付嬢さんに嫌われるのは後々大変なことになりそうだし、ここは戻るとするか。

嫌だなぁ。

「もっと魔法試したかったな……」

「仕方ないじゃない……貴族からの命令ってかなり重いんだから」

一応、腐ってもアルタール伯爵は貴族だ。

『伯爵』って付くのだから当然ではあるけれど。

しかしながら、彼の命令に従うのは乗り気ではない。

帰還命令だなんて言われても、本当に今更である。

「追い出したのはお前だってのによ」

今更戻れと言われても、俺にはもう居場所がある。

それに、あんな環境に戻りたいとも思わない。

◆

「そろそろギルドだな……って、受付嬢さん入り口前で立ってないか？」

「立っていますね……しかも誰かを探しているような素振りを……」

俺は不思議に思っていると、受付嬢さんと目が合った。

瞬間、こっちに急いで駆け寄ってくる。

「来ないと思っていましたよ！　全くもう！」

「え、もしかして俺が帰ってくるかどうかずっと外で待っていたの？」

「そうです！　帰ってこなかったらもう一度——今度は力ずくで連れ戻すしかないなって思っていましたから！」

「力ずくってどんな感じに？」

「力自慢の男たちを何十人か召集して向かわせようかなと」

「ふ、俺はその程度じゃあ連れ戻せないぜ」

「全員もれなく上半身裸、ブーメランパンツで追いかけてきます」

「……危うく色々と終わるところだった」

俺は頭をかく。

「それで、イダトはどれくらいで来るって言っているんだ」

尋ねると、受付嬢さんは肩を竦める。

「明日には着くと報告が入っています」

「明日か。でもそれなら俺、こんな急がなくても良かったんじゃないのか？」

まだまだ時間としては余裕があるように思える。

そこまで焦る必要はないはずだが。

「全く……ギルドとしては大事なんです。貴族から命令が下るだなんてありえないことなんですから！」

「それはそう……か？」

「しかもアルタール伯爵、かなり怒っているようでしたから！『リッターを守るような真似をすれば、ギルドがどうなるか分かっているな？』と脅されているのです！」

「嘘だろ？」

「大マジです！　なのでギルドマスターからはリッター様をイダト様が来られるまで、泊まり込みでも待機させるよう命令が出ています！　下手すればギルド解体ですよ解体！」

ええ……マジかよ。

俺、責任重大じゃないか。

「これに関しては仕方ないわね。私たちも待機するから頑張りましょう」

「仕方ありません！」

「そうだな。二人がそう言うなら、俺も頑張るよ」

そう言って、俺はこくりと頷く。

「ご協力ありがとうございます！　リッター様……！　ギルドの命運は任せましたよ！」

ったく……アルタール伯爵の野郎……！

◆

「まあ……食事はタダにしてくれたから、妥協《だきょう》点ってところか」

イダトがここに来るまで、半永久的にギルドで待機することになったからか、食事はタダでしてくれても構わないと言われた。

色々と文句は言ったが、ともあれ受付嬢さんには感謝せねばならない。

「飯は美味しいが、やっぱイダトが来るってなると面倒くさいが勝つなぁ」

彼は本当に性根《しょうね》が腐っている。

俺が言うのもなんだが、相当人間性には問題があると思う。

なんたってイダトなのだ。

もうイダトという存在がダメなのだ。

「でも大変だね。確かアルタール伯爵ってリッターを追放した大馬鹿者なんでしょ？」

アンナが食事をする手を止め、心配そうに見てくる。

「大馬鹿者かどうかは分からないけれど、あまり良い人……ではないかな」

今でも覚えている。

俺の意識がはっきりした時、あの人は赤子の俺を外れだと言った。

あんなの、俺じゃなければ心が折れていたと思う。

「どうして今更なんだよ……」

俺がそう呟くと、エイラが語る。

「リッター様はこちらに来てから、数多くの実績を積み上げてきました。恐らく、その話がアルタール伯爵にも行ったのだと思います」

「俺の実績って……そんな大層なことじゃないんだけどなぁ」

そう言うと、二人が全力で首を振った。

「いーや！　相当だからね！」

「謙遜しないでください！　マジヤバですから！」

「そう言ってくれるのは二人だけだよ」

「他の人も思っているから！」

「そうです！」

「はは……そうかなぁ」

頭をかきながら、飲み物に口をつける。

「ところで、イダトが来たらどうしようか。二人は近くで見ているか？」

あいつと喧嘩《けんか》はしたくないけど、多分イダトの方からふっかけてくると思う。

可能なら関係のないアンナたちを巻き込みたくはない。

「私たちも一緒にイダトっていうやつに一言言うからね」

「安心してください！　仲間を見捨てたりなんかはしません！」

「お前ら……！」

少し感動してしまった。

俺のために面倒なこともしてやってもいいと言ってくれているのだ。

このような人たちに、前世では出会ったことがなかったので驚いてしまう。

「分かった。二人にも援護してもらうよ」

そう言って、俺は時計を見る。

もう二十二時を回っていた。

この時間になっても、相変わらずギルドは騒がしい。

まあ、賑《にぎ》やかだから多少は気持ちも楽だけれど。

「さすがに……来ないよな、今日」

俺は冷や汗をかきながら、独《ひと》りごちる。

しかし、現実はそう上手くはいかないらしい。

「リッター様！」

受付嬢さんが慌てて、俺の方に駆け寄ってきたのだ。

「い、イダト様が来ました！」

「……本当に来やがったか」

俺は嘆息しながら、席から立ち上がる。

本当に会いたくないが、これ以上迷惑をかけるわけにもいかない。

イダトがどこにいるのか、俺は視線を巡らせる。

「リッターはどこだ⁉　リッターはどこにいる⁉」

「おいおい」

入り口近くにイダトの姿が見えた。

必死の形相で冒険者の胸ぐらを掴み、詰め寄っている。

一体どうしてイダトはそんなことをしているんだ。

性格が終わっているとは思っていたが、以前より更に磨きがかかっているんじゃないか？

「リ、リッター？」

「大丈夫そうですか……？」

「任せてくれ。これは俺の責任だ」

そう言って、イダトの方に歩く。

「……リッター‼」

イダトと俺の目が合った。

途端《とたん》に彼は俺の方に走ってくる。

「っ」

勢い任せに胸ぐらを掴んで、何度も力を込めて揺さぶられる。

「お前のせいでこっちは……！　お前のせいで……！」

どうするのかと思っていると、イダトが拳を構えた。

「お前のような無能の烙印が押された屑のせいで！　こっちの面目《めんぼく》は丸潰《まるつぶ》れだ！」

刹那、俺の頬に鈍い痛みが走る。

「リッター!?」

「ちょ、ちょっと!?」

「ははは！　一発くれてやったぞ！」

どうやら俺はイダトに殴られてしまったらしい。

まさか、再会して早々殴られるとは思わなかった。

「イダト、今更何の用だ。多少は知ってはいるが、お前からも聞いておきたい」

「……お前だと？」

不満を覚えたのか、イダトが睨んでくる。

「なんだ」

「……っ」

だが、こちらも応戦するとイダトは不服そうに舌打ちをする。

以前はこちらも頷くしかなかったが、今はもうアルタール家とは関係ないのだ。

これくらいのことはしたって構わないだろう。

「……父上からお前を連れ戻すよう指示があった！　感謝するがいい！　お前のような無能をもう一度家族にしてやってもいいと言っているんだ！」

まあ、そうだよな。

俺はため息を吐く。

「俺は帰らない。別にもう、アルタール家には興味ないんだ」

「……は？」

イダトは、俺の発言に動揺を呈していた。

というか、一体俺がなんと言ったのか理解できていない……そんな表情をしている。

「いや、だから家に戻っても良いって」

「戻らない。俺の居場所はもうそこじゃないんだ」

だからこそ、俺はハッキリと断言する。

もう戻らない。

「な、なんでだよ……？　ありがたいだろ……？　そうだよなぁ……？」

「ありがた迷惑だ。というか、あんだけ言われといて戻るようなバカいないだろ」

「……なんでだよ！　もうなんでだよ！　クソがぁ！」

イダトは地団駄《じだんだ》を踏む。

まるで子どものように怒り狂う。

「こっちはお前のせいで迷惑被《こうむ》っているんだよ！　ただでさえお前が無能なせいで！

こっちは死ぬほど迷惑なわけ！」

「そんな迷惑なやつが戻っても仕方ないだろ」

「……っ！　これだからバカは困るんだよ！　おい女二人！　お前ら、こいつの仲間か!?」

「おい……」

イダトがついにアンナたちに突っかかりはじめた。

俺は呆れながら、イダトの腕を掴もうとする。

「ええ、リッターの仲間よ。何かしら、迷惑なんだけど」

「バカは誰なんでしょう。周囲を見てくださいよ」

そう言って、アンナとエイラがイダトを挑発する。

おいおいマジか。

すげえな。俺なら怖くて初見の人間にはできないよ。

「なっ……！　僕が誰だか知っていて言っているのか!?」

「知っているから言っているのよ。おバカさん」

「ふふ。可哀想な人もいますが、ここまで可哀想だと助け船なんか出せませんね」

「く、クソアマがぁ!!」

刹那、イダトが拳を構えたので咄嗟に腕を掴む。

ぐっとこちらに寄せて、睨めつけた。

「……てめえ、ここまでバカにしてただで済むとは思うなよ？」

「どうする気なんだ。ええ？」

「……分かった、ぶっ潰してやるよ！　ギルドってことは訓練場くらいあるだろ！　そこでお前に誰が上なのか理解させてやる！」

「力で理解させる気か。貴族らしいな」

俺は嘆息しながら、ちらりと受付嬢さんを見る。

ここは仕方がない。

イダトを落ち着かせるには、彼の言うとおりにするしかないだろう。

「だ、大丈夫です」

「ありがとう」

受付嬢さんからも許可は貰えたので、俺はイダトの腕を離す。

「大丈夫だそうだ。訓練場で話そうじゃないか」

「ははは！　覚悟しておけよ無能が！　お前なんて《剣聖》の僕の前では無力なんだ！」

「……」

《剣聖》か。

俺とは違って当たりのスキル。

本来なら絶対に勝てない相手だ。

だけど……今の俺なら少し違うかもしれない。

正直戦いたくないのには変わりないのだが、やってみないと分からないことだってある。

こいつと、決着を付けよう。

「ちっ、貧乏くさい訓練場だな。こんなところで活動している冒険者が可哀想だ」

イダトは舌打ちをしながら、訓練場を闊歩《かっぽ》する。

ちらりと視線を巡らせて、鼻で笑って見せた。

「リッターさぁ！　こんなところで冒険者やっていて、恥ずかしくないわけ？　ええ？」

「今のお前よりかは恥ずかしくない」

「……ムカつくなぁ！　お前って、僕に反抗していいと思っているわけぇ!?」

そう言って、再びイダトが俺の胸ぐらを掴んでくる。

懐かしいなぁ……小さい頃、この脅しにすごくビビっていたっけ。

そりゃ相手は《剣聖》だからな。

少しでも反抗すれば、いつだって俺のことを殺せるんだから。

「脅ししかしないのな」

「……なんだよっ！　ったく気分が乗らねえ！」

イダトは近くにあった石を蹴り、不機嫌そうに鼻を鳴らす。

「リッター。本当に戦うの？」

「わたしたちは絶対にリッター様は大丈夫だって信じていますが……少し心配です」

アンナたちが不安そうな顔で俺のことを見てくる。

だが、当然である。

今からやるのは喧嘩だ。

それも、《剣聖》との喧嘩だ。

下手をすれば、俺は死ぬかもしれない。

だけど……覚悟はできている。

俺は勝つ。

まあ、断言なんて恐ろしくてできないけどさ。

「女と仲間ねぇ。良いご身分だこったリッターよ」

「ああ。お前よりかはマシな身分ではあるつもりだよ」

俺が煽《あお》ると、イダトがくつくつと笑う。

「……いいぜ。もういい。決めた」

そう言いながら、イダトが腰に下げている剣を引き抜く。

「父上からお前を連れ戻せって言われてるけどさぁ……ここで殺しちゃって、僕の方がやっぱり優れていたって証明したら……完璧だよなぁ！」

ははは……こいつ、俺を殺すつもりでいるらしい。

さすがに……怖いな。

俺を本気で殺しに来るのか。

「ふぅ……分かった。なら、俺も全力でお前を撃退する。お尻ぺんぺんしてアルタール伯爵の下に帰してやるよ」

「殺してやるよリッター！　お前のせいで僕は父上からの信用を失ったんだ！」

イダトは剣を構え、俺に向かって吠《ほ》える。

「かかってこい。久々だなぁ……兄弟喧嘩は……！」

俺はにやりと笑い、拳をぎゅっと握った。

相手は《剣聖》。

俺より格上で、俺より当たりのスキルを持っている。

だが——今は勝つしかない。

「おやぁ!?　リッターさぁ、お前武器持ってねえじゃん！」

そう言って、イダトはケラケラと笑う。

どうやら俺が武器を身につけていないのが面白かったらしい。

「そんなんで僕に勝とうとしているわけ？　可哀想なやつだなぁ！」

「へへ……実はあるんだな」

俺は手を掲げ、

「《聖者の剣》」

そう口ずさむと、魔法陣が生成される。

魔法陣に腕を突っ込み、そこから剣を取り出した。

「は……？　なんだよそれ？　そんな魔法……見たことない……」

「これは《聖者の剣》って魔法でな、国王様から貰ったんだよ」

俺はあえて、国王様という単語を出す。

あまり関係ない人物の名前を出すのは良くないが、今は仕方がない。

「国王様!?　お前が!?　嘘だろ嘘……っっ……僕をまた馬鹿にしているのか!?」

予想通り、イダトには効いたらしい。

彼は顔を真っ赤にして、俺に怒鳴ってきている。

卑怯《ひきょう》な作戦だが、相手の動揺を誘うことには成功したらしい。

「っち……ムカつくぜ！　お前なんか、僕の手にかかれば一瞬だ……！」

イダトは叫び、こちらに走ってくる。

だが――遅い。

俺が成長したのか分からないが、今はイダトの動きが読める。

「なっ!?」

俺はイダトの攻撃を回避する。

だが、イダトも反応することはできた。

すぐに俺の方に向いて、剣をこちらに向ける。

俺も反応し、剣で攻撃を防ごうとした――刹那のことだった。

「……うわ。マジか」

「は……？」

俺の剣にイダトの剣が当たった瞬間、砕け散ったのだ。

俺の剣ではなく、《剣聖》を付与されたイダトの剣が。

「防御しただけなのに相手の剣を破壊するなんて……やっぱりこの剣はぶっ壊れてるな……」

俺が困惑していると、イダトは愕然とした様子でこちらを見てくる。

「ど、どういうことだよ……？　僕の剣が……当たっただけで砕け散るって……」

説明しろと言われても……できないなぁ。

この剣自体がよく分からないものだし。

賢者クラスが扱っていたもの、としか聞いていない。


「どうなってんだよ！　おい！」

そう言って、イダトが俺の胸ぐらを掴んでくる。

何度も何度も力強く揺さぶってきた。

「お前みたいなマヌケがこんなことできるわけがない……！　お前みたいな雑魚ができるわけがない……！　さては……僕に何かしたな⁉」

「いや、俺は何も」

「な、なんだよそれ……！　僕を……侮辱《ぶじょく》しやがって……！　絶対に許さない……お前だけは絶対に殺す……！」

「だから――っ」

俺が言おうとした刹那、イダトが何かを手にしたのが見えた。

なんだ――ナイフだ。

今、イダトはナイフを取り出したっ……！

脳はそう認識し危機感を覚えるが、あまりにも近距離だったため体が反応できていない。

このままでは――刺される！

「相手が油断している時に攻撃するだなんて、あまりにも卑怯よ。最低ね」

ナイフを持っているイダトの右腕を、アンナが掴んでいた。

今の一瞬で、アンナが反応したのか！？

「ふふふ……念のためにバフを発動していたのです！　どうやら、間違いではなかったようですね！」

「そうそう。エイラにバフを付与してもらって、何かあった時に反応できるようにしていたの」

おいおいマジか！

さすがはSランクパーティだ！

俺なんて何もできなかったのに、彼女たちは数手先の未来も読んでいたんだ！

「あぐっ……痛いから……離してくれ……頼む……！」

イダトが涙を流しながら、アンナに手を離すよう懇願《こんがん》していた。

「それじゃ、ナイフは回収するわね」

アンナはイダトからナイフを取り上げる。

そして、すぐにイダトを解放してやった。

「なんで……！　どうして……！　僕がぁ……！」

「無様ね。あなたは負けたのよ」

「そうです。あなたの負けです」

二人はイダトに対し、冷たく言ってのける。

イダトはただただ悔しそうに拳を握るのみで、何も言わない。

ここまで女の子に言われたら、俺は立ち直れないな。

彼女たちが味方でよかったとつくづく思う。

「なぁ……なぁリッター……！　なぁ……!?」

突然俺の肩を掴み、息切れした様子でイダトが叫んでくる。

「リッター……！　はは……！　お前にさ、最後のチャンスをやろうと思うんだ……！」

イダトはにやにやしながら、俺の肩を揺らす。

どこか懇願するような表情を浮かべて言う。

「僕の家に……戻らないか……！　今なら父上にも良い感じに言ってやるからさ……！

な……？　な……？」

どうやらまだ俺に、家へと戻るように言っているようだ。

一体今更どういった理由で言ってきているのか。

どうして、イダトはこんなに必死なのか。

アルタール伯爵がギルドに帰還するように伝えたレベルだから、恐らくイダトは何か言われているのだろう。

だけど。

今更、イダトにどんな事情があっても俺には関係ない。

もうアルタール家の人間ではないし、向こうから俺を追い出したんだ。

「さっきも言っただろ。俺は戻らない。イダトにどんな事情があろうと、俺は絶対に帰らない」

イダトの腕を掴み、払いのける。

すると、イダトは顔を真っ赤にしてみせて唇を噛んだ。

「……なんでだよっ！　お前さぁ――」

「いい加減にしろ。あまり強くは言いたくないが、お前は負けたんだ。これ以上俺をどうしようって言うんだ？」

「……それは」

「帰れ。これ以上は俺も嫌なんだ。帰ってくれ」

「帰りなさい。ここにあなたの居場所はないわ」

「見てください、周囲の皆さんを。あなたのことを冷ややかな目で見ていますよ」

そう言われ、イダトは周囲を見る。

いつの間にか、訓練場にも冒険者が集まっていたようだ。

「あ、ああっ……ああっ……！　見るなァ……！　僕を……そんな目で見るなァ……！」

手を震わせながら頬に当て、目を見開いて周囲に叫ぶ。

だけど、誰もイダトのことを心配しない。

ただただ、冷たく見据える。

「ったく」

一人の冒険者が痺れを切らしたのか、声を上げた。

「かーえーれ！」

すると、こだまするように他の冒険者たちも声を上げ始めた。

「「かーえーれ！　かーえーれ！　かーえーれ！」」

豪雨のように降り注ぐ帰れコール。

次第に声も大きくなっていき、誰もがイダトのことを敵だと認識した。

「っ……リッター……！」

声を震わせながら、イダトがこちらを睨めつけてくる。

「絶対……お前は殺す……覚えていろよ……！　お前だけは……絶対に殺してやる……！」

「その時は全力で抵抗してやるよ」

「……っ」

イダトは舌打ちをして、急ぎ足で訓練場から出て行く。

俺は彼の姿が見えなくなるまで眺めた後、大きく息を吐いた。

「やっと出て行ってくれたか……」

◆

やっと解放されてギルドの酒場にてテーブルに突っ伏していた。

イダトが訓練場からいなくなり、なんか知らんが周囲の冒険者から胴上げされた俺は、
アルタール家にいた当初はストレス全開だったから、いつもこんな感じだったけど。

こっちに来てからは幸せな毎日を送っていたからなぁ。

「疲れたわ……マジで疲れた……」

「お疲れ様。災難だったね」

「お疲れ様です……！　とりあえず、なんとかなってよかったです！」

「ありがとう二人とも。……色々と迷惑かけちゃったな」

イダトと俺のもめ事は、二人には関係のないことだ。

なのに、アンナたちは俺のことを助けてくれた。

本当に感謝しなければならない。

「いいのよ。だって、仲間じゃない！」

「そうですよ！　仲間なのですから、こういう時は手助けするものです！」

「……仲間か。そっか」

俺は少し嬉しくなってしまって、口元が緩んでしまう。

やっぱり、仲間ってのはいいな。

こっちに来てから、そんなことをずっと考えてしまっている気がする。

俺は、本当に恵まれているよ。

「イダトは帰ったし、今度こそ俺の邪魔をするやつはいないはずだ！　改めてよろしくな二人とも！」

「もちろん！　リッターにも、いっぱい頑張って貰うからね！」

「ですです！　頑張りましょう！」

二人が差し出してきた手を握り、俺はこくりと頷く。

「さて……さすがに今日は疲れちゃったから、私は休もうかな」

「わたしも疲れましたぁ……！　休みたいですー！」

「俺もだ。少し……寝転がりたい」

イダトを相手にしたのは久々だったから、肉体的にも精神的にも疲れた。

アンナたちがいるから満足には寝られないだろうけど……ベッドに寝転がりたい気分だ。

色々と思うこともあるが、ともあれ……今は自由になったことを喜ぼう。

「ギルドにはアルタール伯爵から直々に帰還命令が出ていたから、イダトを追い返したらどうなるかと思ったけども……どうやら何もなかったようだな」

数日後、俺は少し平和になったギルドにて受付嬢さんとそんな会話をしていた。

イダトが来る際には、アルタール伯爵からギルドに命令が下っていた。

受付嬢さんも慌てていたから、相当マジなやつだったのだと思う。

「そうですね。イダト様を追い返してからアルタール伯爵からの連絡もなくなりましたので、恐らく諦めてくれたのでしょう……いやー……大変でした……」

受付嬢さんは苦笑していた。

「ともあれ、何かあったら言ってくれ。これは俺の責任でもあるからさ」

「もちろんです！　何かあったら、全てリッター様が悪いってことにしておきますね！」

「ははは……全責任を押しつけられるのは辛いなぁ……」

まあ、俺が悪いのには変わりないので仕方がない。

俺は息を吐いた後、受付嬢さんに礼を言ってアンナたちのもとに戻る。

「受付嬢さんと楽しそうにしてたね……もしかして浮気？」

「許せませんね……しかも三股《さんまた》……！」

「お前らは一体何を言っているんだ？」

一体何がどうなって俺が浮気しているってことになるんだよ。

っていうか浮気ってなんだよ。意味が分からないよ。

俺が困っていると、アンナたちは楽しそうに笑う。

「冗談だよ。でも何事もなくてよかったよ。どうやらイダトたちは諦めてくれたようだね」

「ですです！　安心しましたよ！」

「俺も安心した。これでまだ何かあったら……ちょっと困ってた」

アルタール伯爵のことだから、色々としてくるかもしれないとは思っていたが、諦めてくれたようでよかったよ。

まあ……あいつらの性格の悪さは知っているから、懲《こ》りずにまだやってくる可能性もあるけれど。

だが、同時に彼らはプライドの高さも異次元だから、そういう意味ではもう安心なのかもしれない。

「さーて、リッターは無事過去の呪縛《じゅばく》から解放されたし、ちょっと付き合ってもらいたいことがあるんだけどいいかな？」

そう言って、アンナが俺の顔を覗き込んでくる。

付き合ってもらいたいことか。

「なんだ？　また武器とか見るのか？」

「違う違う。もしかして……私ってば、ずっと冒険者業のことを考えているって思ってる？」

「違うの？」

「違います～！　ね、エイラ！」

「そうですよ！　わたしたちも乙女なのですから！」

乙女なのか……。

乙女が浮気とか三股とかいう単語を使うのか……？

まあそんな意地悪な思考は捨ててあげよう。

「リッターには少しプライベートな買い物に付き合ってもらいたくてさ」

「なのです！　みなまで言わせずに付いてくるのです！」

「ははぁ……まあ変なことじゃないなら別に構わないさ」

◆

「おっ買い物！　おっ買い物！」

「なっのです！　なっのです！」

「ご機嫌だな二人とも」

俺は珍しくご機嫌な二人を見て、少し笑ってしまう。

ここまで機嫌がいいのは、初めて見たかもしれない。

というか……まあ二人は何かと冒険者業のことをずっと考えているイメージがあったから意外だった。

なんていうか、すっごく女の子っぽい。

俺は二人がスキップをしている後ろを、急ぎ足で追いかける。

「お買い物って何をするんだ？　っていうか、この辺り陽の気配がして息が詰まりそうだ……」

王都に来てからかなり時間が経ってはいるが、ここに来たのは初めてだ。

店は主にオシャレな飲食店や洋服屋が並んでいる。あとなんかキラキラした店がたくさんあって色々と眩しい。

前世でもこんな場所には行ったことがないし、寄りつこうと思ったこともない。

「服を見たくてさ！　普段こういうことはあまりしないんだけど……ほら。今回は私たちも色々頑張ったじゃない？」

「そうです！　リッター様のために頑張ったのでご褒美と行きたくてですね！」

「まあ……確かにそうだな。でも……俺は……場違い感あるなぁ……」

俺は周囲にいる女性の皆様方を見て、体を震わせる。

みんな、オシャレだ。

前世の高校時代、キラキラとした同い年の女の子に怯えていたのを思い出す。

俺は根っからの陰キャだからな。

「意外と楽しいかもしれないよ？　ほら、チャレンジすることは大切だし」

「そうなのか……？」

「そうですよっ！　リッター様もなんだかドキドキワクワクしてきませんかっ!?」

エイラがばっと腕を広げて見せて、目を輝かせる。

ドキドキワクワクかぁ……。

俺はもう一度、周囲のお店や人々を見てみる。

……やっぱり俺とは違って陽キャばっかだ。

オシャレな人ばかり……。

俺が返事に困っていると、アンナが突然手を握ってきた。

「もう！　まあ行けば分かるか！」

「え、ええ!?」

「向かうのです！」

俺はアンナに手を引っ張られながら、とある店に入ることになった。

「うわ～服がたくさんある」

俺が手を引かれた先は、可愛い系の服屋だった。

若い女の子が好きそうな服が色々と並んでいる。

もちろん前世日本にあった服とは違うところもあるが、可愛さで言えばどっちも同じくらいだと思う。

「男なんて誰もいねえ……」

周囲を見渡してみると、アンナと同い年くらいの女の子しかいない。

まさに場違いである。

俺は若干の気まずさを覚えながら、二人の背中に隠れる。

「どんな服があるのかな～！　新作あるかな！」

「しっんさく！　しっんさく！」

「服に新作とかいう概念あるのか……？」

俺が怯えながら尋ねると、アンナが驚いたような表情を見せる。

「え……!?　そこから!?」

「マジですかリッター様!?　まことですか!?」

そんな顔しないでくれ。

俺は服とか興味なさすぎて、色々と分からないことがあるんだ。

前世では服なんて同じジャージを三着くらい買って、それを使い回していただけだし。

「まあいいや！　リッターには可愛いか可愛くないか判断してもらうだけだし！」

「男の人の意見は貴重ですからね！　ふんふん！」

テンション高いなぁ……。

俺は変わらず二人の背中に隠れながら、服を選んでいる様子を見ていた。

「これとかどうかな？　ひらひら！」

「水色ってのがいいですね！　綺麗な感じです！　こっちもいいですよ！」

「ピンクかぁ！　でも私に似合うかなぁ？」

何やら、服の色で悩んでいるようだった。

俺はこんなのもあるんだなぁと思いながら眺めていたのだが。

「リッターは何色がいいと思う？」

「……お、俺!?　俺に聞くのか!?」

まさか俺に聞かれるとは思わなくて驚いてしまう。

「当たり前じゃん！　男の人の意見が聞きたいって！」

「なのですよ！」

マジか……。

でも俺なんて何も分からないしな。

女の子の気持ちなんて学んだ経験ないし。

「ぴ、ピンク？」

俺が恐る恐る指を差すと、二人はうむむと唸る。

「なんか違うから水色にしよっと！」

「いいですね！　それが良いとわたしも思っていました！」

「なんで俺に聞いたんだよ!?　決まってたんじゃん!?」

「ふふふ。そういうものなのだよ」

「リッター少年！　理解するのです！」

「…………」

そう、なのか……。

服屋散策というものは、色々と大変なものだと聞いていた。

特に漫画やアニメでは顕著《けんちょ》だったように思う。

ともあれ、俺にとってはそれはあくまで二次元の話であったが、今回の件を通して改めてマジだったことを理解した。

◆

「はぁ……はぁ……！」

「なんか息が上がってるよ？」

「まだまだこれからですよ⁉」

俺の体は限界を迎えていた。

数々の服選びという試練を乗り越えていると、もうボロボロになってしまっていた。

何を選んでも「なんか違うかも！」と言われたら、もう泣きそうである。

「まあ、リッターのおかげで良い感じの服が選べたよ！」

「ありがとうございます！　色々と付き合ってもらっちゃいました！」

二人が満足そうに笑う。

……こう笑ってくれたら、少し頑張ってみてよかったと思える。

それに、二人が手に持っている服はどれも可愛いものだ。

普段着を着る機会が少ないからあれだけど、可愛い服を身につけた女の子を見られただけでもよしとしよう。それに、前世でも異世界でも女の子はオシャレが好きって言うのを分かって、少しだけ女の子に対する理解度が上がった気がする。陰キャ男子日本代表だった俺にとってはいい経験だ。

「いいんだ……！　楽しそうで何よりだよ！」

俺は汗を拭いながら、グッドサインを送る。

「あ、リッターは服とか見る？」

ふと、アンナが思い出したかのように聞いてきた。

服か……そういえばろくに持っていなかった。

てか、追い出された時に着てきたものをずっと使っている。

せっかくなので、何か見てみてもいいかもしれない。

それに、女の子と服選びをするってなんかいいなぁって思うし。

「アンナたちがよければ俺も見ようかな。……と言っても、俺は全く服とか分からないんだけど」

俺の服知識なんて、長袖《ながそで》半袖半ズボン長ズボンといった小学生のような知識しか持ち合わせていない。

まあ……そんなことは恥ずかしくてアンナたちには言えないんだけど。

「ふふん！　わたしたちでリッター様を魔改造しちゃいましょう！　良い感じにしちゃい

ますよ！」

「いいねそれ！　リッター魔改造計画！　発令しちゃおっか！」

リッター魔改造計画か。

実に面白そうじゃないか。

よく前世では動画配信サイトで地味系の男子を魔改造する動画とかが流れてきたのを思い出す。

俺もついに魔改造されちゃうのか……！

俺はアンナたちに手を引かれながら、街を歩いていった。

女性物しかないのかなと思っていたが、少し進んでいると男物を置いている店も出てきた。

しかしながら、案の定オシャレな雰囲気のものばかりである。

陰キャの俺にとっては少し……眩しすぎる。

前世では絶対に寄りつかなかった場所だ。

だって……前世、俺が行く店っていうのは地味な服屋ばかりだったし。

「ここどかどう？　良い感じにオシャレじゃない？」

「いいですね！　ここにしませんか！」

アンナとエイラが立ち止まって、俺に聞いてくる。

指さした方向には、これまたオシャレな店があった。

中をちらりと覗いてみると、俺とは全く雰囲気の違う良い感じの男性店員とお客さんが楽しそうに会話をしている。

……恐ろしい。

だが、ここで怯んでいたら俺は前世と同じ人生を歩んでしまう気がする。

ここは……覚悟をするべきだ。

「ここにしよう！　俺は準備万端だ！」

ぐっと拳を握り、アンナたちに伝える。

「お！　気合い入ってるね！」

「わたしも気合い入れてリッター様の服を見ますね！」

俺たちは店の中に入ることにした。

やはり普通の服屋とは雰囲気が違うような気がする。

「いらっしゃいませ！　今日はどんな服をお探しでしょうか！」

突然店員さんが声をかけてきたので、俺は体を震わせる。

え……なんで話しかけてくるの？

服屋に入って声かけられたの初めてなんだけど。

俺は恐怖で思い切り陰キャモードに突入してしまい、何も言えなくなってしまう。

「えっとね！　私たちで彼に良い感じの服を選んであげよう……って話になっているんだけど……」

アンナが色々と店員さんと話している間に、俺はエイラの背中に隠れる。

「リッター様！　どうして隠れるのです？」

「陰のモードに入っちゃって……」

「つまりお恥ずかしいと？」

「……人見知り発揮してる」

「ふふふ……リッター様も可愛いところがありますねぇ……」

そう言って、エイラがこちらにウィンクをしてくる。

「せっかくなので、手助けしてあげますか」

エイラはアンナの方に駆け寄り、何かを伝えた。

すると、アンナが店員さんに会釈《えしゃく》をしたあとこちらに戻ってきた。

「エイラのお願いでせっかくだから自分たちで選ぶって店員さんに伝えたよ！　店員さんに手伝って貰うっていうのでも良かったと思うんだけど……」

「まあまあいいじゃないですか！　たまには！」

言いながら、エイラがサムズアップをする。

ありがとうエイラ……お前は神だよ……。

俺は彼女に感謝をしなければならないな。

「それじゃあ選ぼっか！　リッターの服！」

「リッターはどんな服が好みとかあるかな？」

アンナが俺のことをじっと見ながら聞いてくる。

どんな服……か。

あまり考えたことがなかった。

俺なんて、前世ではジャージばっか着ていたからな。

「リッター様はやっぱり格好いい系が似合いますよ！　わたし、燃えちゃいます！」

「確かに格好いい系、いいね！　リッターってなかなかイケメンだからさ！」

「ですです！　わたしが燃えちゃうくらいには顔がいいです！」

……イケメンって言った？

俺のことを、イケメンって言ったのか？

ははは。そんなバカな。

何かの聞き間違いだろう。

全く、陰キャをこじらせたら女の子にイケメンだって言われていると思い込んでしまうようになるのか。

なかなかの重症だな。

「格好良い系なら……これとかどう？」

アンナが服を持って、こちらに見せてくる。

おお、これはなかなかいいかもしれない。

パッと見は冒険者服にも見えるが、普段着る服としても違和感がないようにアレンジされている。

白と黒を綺麗にあわせた、確かに格好良い服だ。

「これいいな！　良い感じだ！」

「それじゃ……わたしはこれとかどうですか！　アンナさんが選んだ服に合わせる感じで！」

エイラが持ってきたものは、小さな黒のバッグである。

手に持ってみると、かなり軽くて扱いやすそうだ。

それに、収納スペースも良い感じ。

アンナに服を持って貰って、バッグと合わせてみるが、かなり合っているように見える。

ふふふ……いいなこれ。

「採用！　これ買うよ！」

言うと、アンナとエイラは顔をパッと明るくする。

「わぁ！　嬉しいよ！」

「間違いなく似合いますよ！　ひゅー！　ただでさえイケメンなのに、もっとイケメンになっちゃいますね！」

「ははは！　てか、ほんとにイケメンって言っていたのか……からかうのはやめような！」

俺をイケメンだと適当なことを言っているエイラにツッコミをしつつ、会計を済ませることにした。

しかし良い買い物をした。

今まで生きてきて誰かと服を選ぶなんて経験、親としかしたことがなかった。

それに……まさか異性とだなんて。

前世の俺に言っても、きっと信じてくれないだろうな。

服屋から出た俺は、ぐっと伸びをする。

「楽しかったね！　たまにはこういうのもいいでしょ？」

アンナが微笑みながら聞いてくる。

「ああ。良い息抜きになったよ」

最初こそ陰キャをこじらせていたが、なんやかんやで楽しかった。

今まで、こんなことした経験なかったし。

「この後は……まだ時間があるし荷物を置いてから宮廷図書館に行こっか。リッターの新たな魔法も手に入れたいしね」

「そうだな。今度はぶっ倒れないようにするよ」

「本当に倒れないでくださいね！　前回、すっごくびっくりしたんですから！」

第八章　俺は魔人族について何かを掴んだらしい

家に荷物を置いてきた俺たちは、宮廷図書館までやってきていた。

少し冒険者業のことは忘れて服を見ていたが、やはり俺たちの本命というか仕事はこれだ。

たまの休暇はありだと思うが、そればかりするのは似合わない。

図書館内を歩きながら、目的の場所まで向かう。

「やっぱり宮廷図書館は広いな……まだまだ余裕で迷えそうだ……」

「そうね。ただ、その分資料は豊富だから全然構わないんだけれど」

そう言いながら、魔導書が並んでいるところまでやってきた。

相変わらず、小難しいものばかりがある。

「回復系の魔法が育ってないから、今回はそういうのが欲しいかな」

「回復系ですか……この中から探すのは大変そうですね……」

エイラは数多くの魔導書が並んでいる光景を見て、辟易《へきえき》している様子だった。

それは俺も同じで、この中から探すとなると頭が痛くなってくる。

それに、俺は魔法の知識があるわけでもない。

背表紙を見たところで、魔法の知識がないからどれが回復系の魔法なのかも理解できない。

まあ、エイラが分かるっぽいから大丈夫だとは思うが。

とはいえ、全てエイラに任せるのも申し訳ない気持ちもある。

「回復系……回復系……」

エイラが唸りながら、魔導書をなぞっていく。

「エイラはすごいわよね。私は魔法なんてよく分からないから」

アンナが感心した様子でエイラを褒める。

すると、エイラは少し嬉しそうな表情を見せた。

「えへへ……魔法は好きですから。といっても、知識があるだけですけどね」

「謙遜するなって。知識ってのは武器になる。実際、エイラはかなりの技術を持ち合わせているだろ？」

「ふふふ。ありがとうございます」

エイラはそう言いながら、一冊の魔導書を手に取る。

「ありました。回復魔法の最上位《治癒《ちゆ》》です。これ……本来なら覚えようとすると何年もかかる魔法ですね」

エイラは魔導書をパラパラめくりながら呟く。

「むむ……案の定何書いているか分からない……ここはリッター様の腕の見せ所ですね！」

「もちろんだ。任せてくれ」

俺は魔導書を受け取り、内容を確認する。

確かに難しい術式が書かれているが、しかし《ショートカットコマンド》があれば話は別だ。

全てを記憶し、魔導書を閉じる。

「コマンドオープン」

《治癒》を魔導書から記憶しました。

それに伴い《ヒール》を消去しました。

あなたが使用できるショートカットコマンド一覧

・《ブレイド》

・《聖者の剣》

・《絶対零度》
・《獄炎》
・《雷電》
・《治癒》 NEW!

――――――――――――――


「よし、記憶完了だ！」

回復魔法も最上位を手に入れることができたから、かなり戦闘が楽になるはずだ。

やっぱり、新たな魔法を手に入れる時はテンションが上がるなぁ。

「さすがです……！　しかも無詠唱で発動できるんですからすごいですよね！　この《治癒》って詠唱しようとすると、めちゃくちゃ長いらしいんですよね……」

「なら俺のスキルと相性抜群だな。しかし最上位がどんなものか試してみたいな……回復魔法なら、ここで試してもいいか」

一度、やってみるか。

回復魔法を試すと言っても、やはり無傷では意味がない。

何か外傷がないと、試すに試せないからだ。

「アンナ。ちょっとナイフを貸してくれ」

「え……ナイフ？　確かにあるけれど……」

そう言って、アンナがナイフを手渡してくれる。

うん、見た感じ切れ味は良さそうだな。

この様子だと、あまり痛みはなさそうだ。

「っ……とはいえ痛いな……！」

「ちょ!?　ええ!?　なにやってるの!?」

「なんで突然腕を切ったんですか!?　ち、血が！」

俺は今、自分の腕をナイフで切った。

といっても、思い切りではない。

軽く切り傷を付けただけだ。

「《治癒》を試してみたくてな。ほら、《ヒール》だと確かに治るが時間がかかったりしたからね」

「で、でも！」

「まあまあいいから。よし、《治癒》」

俺が呟くと、緑色の魔法陣が浮かび上がる。

切り傷がキラキラと輝いたかと思うと、すぐに治ってしまった。

傷を治した跡は一切残っていない。

「おお。すげえな」

「うわ……一瞬で治っちゃった……」

「これが《治癒》ですか……」

これはすごいな。

戦闘中でも、かなり有効な魔法になりそうだ。

実際最上位のものだから当然とも言えるが。

「全く……驚いたよ……ほんと心臓が持たない……」

「本当にびっくりしましたよ！　でも、《治癒》はかなり良さそうですね」

「ははは。ごめんごめん」

そう言って、アンナにナイフを返す。

エイラはちらりと《治癒》の魔導書を確認する。

「どうやらこの魔法、腕を切り落としても再生できるようです。やっぱり最上位は段違いですね……」

「マジか……確かにすごいけど、さすがにそんな事態にはなってほしくないな……」

想像するだけで体が震える。

まあ、万が一の時があっても対応可能って考えたら助かるけれども。

「一応、俺の体力的に言えばまだ魔法は覚えることができるんだよな」

前回ぶっ倒れた時に覚えた魔法は三つ。

あの時は本当に死にかけたが、それによって自分の限界も理解した。

現状、俺が一日に覚えていいのは二つの魔法だ。

だから、まだキャパ自体は残っている。

「それじゃあもう少し魔法を探してみる？　と言っても、無理はしすぎないようにね」

「もちろんだよ。俺も前みたいにぶっ倒れるのはごめんだ」

アンナたちにも迷惑をかけてしまったし、本当に気をつけなければならない。

以前の俺とは違うのだ。

今は心配をしてくれる仲間がいる。

「他はどんな魔法がいいですかねぇ……良い感じのやつを探してみますか」

エイラは魔導書の背表紙をなぞりながら、むむむと唸る。

俺も一応探してみようかと、魔導書を眺めてみた。

やっぱり……何の魔導書なのか分からないけれど。

「回復系を覚えましたから、次は攻撃系のやつがいいですかね？」

「そうだな。特に《ブレイド》の上位魔法を覚えたいところだ」

現状、俺が持っている魔法は《ブレイド》以外どれも強化は成功している。

新規の魔法を覚えたい気持ちもあるが、ここは均等に行きたいところだ。

「《ブレイド》の上位魔法、上位魔法……んん？」

「あったのか？」

「いえ……」

エイラが指を止めて、小首を傾げる。

なにやら気になるものがあったようだ。

俺はちらりとエイラが見ている魔導書を見てみる。

「……魔導書か？　これ？」

そこには、背表紙が削られて題名が分からない書物があった。

パッと見た感じ、かなり古いものに見える。

「なんですかね、これ。ちょっと見てみますか」

エイラはそう言って、古びた本を手に取ってみせる。

「えーと」

中身を確認するため、パラパラとページをめくっているようだったのだが。

「これ……魔導書じゃないですね。何か歴史を記している本……ですかね？」

「魔導書じゃないのか。誰かが適当にここへ戻したのかな」

そんなことを言いながら、俺は書物を覗き込む。

「ちなみにこれはどんな内容のものなんだ？」

「これは……魔人族のもの……ですね」

……魔人族だって？

魔人族と言えば、俺たちが追っている魔族だ。

しかしどうしてこんなところに魔人族の書物が置かれているのだろうか。

想像はあまりできないが、ともあれ俺たちにとって知りたい情報が載っている可能性はある。

「……人間と魔人族との歴史が載っていますね。ちょっと見てください」

エイラに言われて、俺は書物を覗き込む。

ええと。

どうやら魔人族との戦争の歴史が並んでいるようだ。

「数百年前に人間と魔人族の間で戦争が何度かあった……って知っているかアンナたちは？」

俺が二人に尋ねると、彼女たちは首を横に振った。

「知らない。数百年前ってことも考えると、かなりの知識人じゃないと知っている人は少ないと思う」

「実際、過去の歴史について触れられるのは地位の高い人くらいですしね」

「そうなのか」

そう聞いてみると、俺が前世で生きていた現代は幾分《いくぶん》かマシだったように思える。

ともあれ、過去に魔人族と戦争があったのか。

そして……直近の戦争で魔人族は大きく数を減らしたようだ。

「大きく数を減らした魔人族は王国辺境のルドック洞窟に身を隠した……か。なるほどな」

俺は本を閉じ、息を吐く。

「これが本当なら、アグが俺たちに復讐をしようとしている理由にも納得がいく」

「ええ。アグは恐らく、敗戦の復讐をしようとしているのね」

「なるほど……だから復讐なのですね」

ひとまず、アグが復讐しようとする理由が分かった。

とりあえず今俺たちがするべきことは一つだ。

「ルドック洞窟に行ってみよう。そこに、何かあるかもしれないしな」

正直、魔人族に関する情報が完璧に揃った状況ではない。

だが少なくとも魔人族が逃げた場所なのだから、事態を大きく変化させるヒントが眠っている可能性だって大いにある。

まずは調査をしてみるべきだ。

「馬車乗り場に向かうか。早め早めに行動していこう」

「そうだね。私も気になるし」

「ですです！　向かいましょう！」

そして、俺たちは宮廷図書館を後にした。

◆

「どうして……どうして貴様はこうも無能なのだ!?　貴様のせいで私は大恥をかいたのだぞ!?」

リッターに追い返されたイダトは、アルタール伯爵に叱責されていた。

それも、実の親にゴミ虫を見るような目で睨まれながら。

あれほど自分のことを愛してくれていたはずのアルタールが、息子を蔑《さげす》んだ目で見ている。

「いいか！　貴様に取れる選択肢はもう二つしかない！　この家を出て行くか、リッターを連れ戻すかだ！」

「父上……僕はリッターよりも下なのですか？　僕が一番大切なんじゃないのですか？」

散々な言われようで、イダトも疲れてしまっていた。

最後にはすがるような思いでアルタールに語りかけるが、決して自分が望むような言葉は言ってくれない。

「今一番大切なのはリッターだ！　貴様など我が家にはもう必要ない！」
「そう……ですか」
《剣聖》を持つ自分は、リッターよりも優れているはずだった。
リッターだけじゃない。
どれほど世界を見渡しても、自分が一番恵まれている自信だってあった。
だが……今はもう自分は特別じゃない。
誰のせいで？
……全部、リッターのせいだ。
あいつのせいで……自分が世界一だったはずなのに……！
「どうしてだよっ……！　どうしてなんだよぉぉっ!!」
アルタール家から追い出されたイダトは、目の前にあった石を蹴り飛ばした。
次第に雨も降り始めて、子供連れの母親が急ぎ足で家に帰っていく。
イダトはその光景を見て、更にイライラが募《つの》っていく。
自分が愛した父親はリッターのせいで変わってしまった。
もちろん、父親も憎い。あんな理不尽《りふじん》を言われて耐えられる人間もいないだろう。
だけど……それ以上に、こんなことになった原因であるリッターが憎い。
全部あいつのせいだ。全部あいつのせいで自分は家族を失ってしまったのだ。

「やっぱり殺すしかない……僕はどうにかしてあいつを殺さなければならない……!!」

これはただの喧嘩なんかじゃない。

復讐だ。

全てを奪ったあいつへの復讐なんだ。

「リッターァァァァ!! 僕は絶対にお前を殺す!! 意地でも殺してやる!! 僕じゃなくて、お前が幸せになるだなんて……絶対に許さない……!!」

イダトは雨に濡《ぬ》れながら叫ぶ。

血が滲《にじ》むほど唇を噛みしめて、死ぬ気で叫ぶ。

自分がどうなったってもうどうでもいい。

リッターさえ不幸になれば、ただそれだけでいい。

イダトは願い、拳を握る。

「よぉ。なんかいい声が聞こえたかと思ったら……さてはお前、復讐に燃えてるな?」

「……っなんだよ! 今僕は忙しいんだ!」

「おいおいおい、オレが暇人だって言いたいのか? せっかくお前に面白い提案があるってのによ」

そう言いながら、一人の男がにやりと笑う。

「オレはアグ。よかったら一緒に、王都を壊さないか?」

◆

「ルドック洞窟……か。色々と情報は調べてみたが、特に気になるようなものは出てこなかったな」

俺たちは馬車に乗り込み、お互いが集めた情報を共有していた。

魔人族が逃げ隠れた場所なのだから、何か噂程度でもあるものかと思っていたのだが……そもそも洞窟の存在を知らない人間の方が多かった。

知っていたとしても、「ただの洞窟だろ?」といった答えしか返ってこない。

やはり、過去に起きた出来事は一般市民はあまり知らないようだった。

「まあ……Sランク冒険者の私たちが知らないのだから、他の人が知っているわけがないよね」

「そうです……一応わたしたちはある程度の情報にはアクセスできますが、それでもですから……」

「ああ。この様子だと、本当に行ってみないと分からないかもな」

事前に情報が手に入れば、色々と動くことはできたが。

ともあれ、結果に悲観している暇はない。

俺たちは実際に動いて、結果を確かめるしかないのだ。

「しかしこの辺りはかなり平和なんだな」

俺は馬車から顔を出して、そんなことを言った。

一応、現在地としてはルドック洞窟付近にまでは到達している。

御者さんに聞いたところ、洞窟付近は魔物もあまり出ないようだった。

辺境だから人間もあまりいないし、落ち着くには良い場所だと。

まあ、わざわざ弱った魔人族が危険な場所に逃げたりはしないだろうから当然かもしれないが。

「そろそろ、かな」

アンナがぼそりと呟いて、剣を握る。

俺も息を少し吐いた後、ぐっと拳を握った。

「しっかり調査していこう。これも未来のためだ」

◆

「なんだか普通……って感じだな」

ルドック洞窟前までやってきて、第一に感じたことはそれだった。

禍々《まがまが》しい雰囲気が漂っているわけでもなく、それに危険な何かが住み着いていそうでもない。

今回は『ルドック洞窟へ向かう』という目的があったから見つけられたが、何の目的もなく通ったら気にもとめないだろう。

「本当にここなのか？」

俺が尋ねると、アンナがこくりと頷く。

「ここで合ってるはず。しっかり地図も確認したし、何よりここら辺に詳しい御者さんがここだって言っているのだから間違いないと思う」

正直、俺は未だに信じられないといった具合なのだが。

ともあれ、実際にそうらしいからこれ以上疑いようがないけれど。

「魔力も感じませんね……危険な場所って危ない魔力がぷんぷんしますから……」

「なるほどな。この様子だと普通の洞窟だって評価されてもおかしくない、か」

俺は呼吸を整えた後、腰に手を当てる。

「とりあえず行こう。何もないってわけじゃないだろうしさ」

「そうだね。行こうか」

「行きましょう……！」

俺たちは内部に入ることにした。

中はというと、薄暗くジメジメとしている。

なんだか気味が悪い場所だ。

「……この辺りは人間が生活している場所とも離れているから探索された形跡はない、って思っていたんだけども」

「明らかに誰かが探索した跡がありますね……魔人族のものかは分かりませんが、何かはありそうですね」

明らかに何者かが入った痕跡がある。

それも、意外と新しいものにも見える。

俺は訝《いぶか》しみながら眺めていたのだが。

「待って。何か奥から音がした」

アンナが剣に手を当てて、ぼそりと呟いた。

「何かって嘘だろ……？　間違いじゃないのか？」

アンナの一言に、俺は動揺してしまう。

なんたって、最初に感じた洞窟に対する印象は『普通』だった。

禍々しい雰囲気が漂っているわけでもなく、何かが住み着いている気配もしない。

「私も間違いかと思ったわ。でも……エイラ」

「はい……洞窟に入る前は感じなかった、何かの気配を感じます……」

「おいおいマジかよ」

となると、やっぱりこの洞窟には何かがあるって考えた方が妥当か。

まあ、何もなかったら困っていたから逆にありがたいのかもしれないが。

「近づいてきてます……もう来ます！」

「分かった……！」

アンナが頷き、剣を引く抜く。

俺も慌てて、戦闘準備をする。

「あれは――ドレイクね」

「ドレイク……？」

聞いたことがない魔物だった。

魔物には詳しいわけではないから、パッと見てもあまり分からない。

「ドレイクってのはドラゴンの子どもね。とはいえ、ドラゴンはドラゴン。かなり手強い相手よ」

「なるほどな……やっぱ魔物の名前って難しいな」

俺は頭をかいたあと、ぐっと拳を握る。

「まあ名前なんて関係ないさ。とにかく倒せばいいんだろ」

「さすがじゃんリッター。そういうところ、好きだよ」

「ははは。ありがたいお言葉だぜ」

にやりと笑い、相手に手のひらを見せる。

「まだ試していない魔法があるんだよな。ちょっとやってみるか」

少し前、俺は三属性の最上位魔法を入手した。

《絶対零度》は試したが、他の二つはまだ扱ったことがない。

せっかくなら、今試してみてもいいかもしれない。

「いくぞドレイク。俺の魔法を見せてやるよ」

相手はドレイク。

俺にはトカゲのようにも見えるが、ともあれ今は関係ない。

「《獄炎》」

そう口ずさむと、目の前に巨大な魔法陣が生成される。

突然の出来事にドレイクは明らかに動揺を呈している様子だったが、反応するころにはもう遅い。

俺の魔法は既に発動している。

赤く輝く魔法陣は、次第に高速回転を始め、そして轟音とともに炎を発した。

「ははは……これはすげえや」

しかもただの炎ではない。

まるで生き物のようにうねり、ドレイクを包み込んだ。

そして、一気に収束する。

――ギュイイイイ!?

ドレイクは悲鳴を上げるが、しかし炎の勢いは止まらない。

名前の通り、まるで地獄の炎のようにドレイクを苦しめ、最後の最後には絶命した。

「ありゃ……まだ《雷電》が残っているんだけどな……この魔法強すぎないか？」

俺は頭をかきながら、ドレイクを確認しにいく。

うん。確かめてみたが、確実に絶命しているな。

ひとまず討伐完了である。

「……あれが炎の最上位魔法なのね。これを扱えるだなんて、リッターは化け物ね」

「それに《獄炎》はかなりの詠唱時間を要します……普通ならば正直……戦闘には向かない魔法なはずなのですが……」

二人が何か考え込んだ様子でぶつぶつと呟いている。

あれ、何かおかしなことでもしてしまっただろうか。

「どうしたんだ？」

尋ねると、アンナたちはお互いの顔を見てこくりと頷く。

「リッターが化け物すぎるって話をしていただけよ！」

「最強ですね！　さすがはリッター様です！」

「ははは やめろよぉ照れるじゃないか」

彼女たちと一緒にいたからか、褒め言葉は素直に受け取れるようになってきた。

昔の俺ならば、色々と考え込んでしまっていたところではあるのだがな。

「しかし……全く魔物の気配なんてなかったのに、どうしてドレイクが現れたんだ？」

俺がぼそりと呟くと、アンナが首を傾げて唸る。

相変わらず疑問は拭えないでいた。

ここに来た当初は確かに魔物の気配なんてなかったのだ。

なのにどうして魔物が現れたのか。

考えれば考えるほど謎が増える。

「ここに何か……あるんでしょうね……たとえば」

そう言って、エイラが周囲を見る。

「魔力や魔物の気配を外に漏らさないために、結界を張ったり……だとか」

「結界？　そんなことができるのか？」

確かに結界という概念は理解できるが、それが実際に可能なものなのか。

俺はこの世界に転生してかなり経っているが、決して魔法に詳しいわけではない。

だからエイラの言っていることをあまり分かっていない節があるのだけれど。

「可能です。といいますか、現状それしかありえません」

となると、ここには結界が張られていて外には魔力や魔物の気配を感じさせないようになっていた……と。

……ってことは、ここは間違いなく黒ということになる。

何者かが外にバレないように結界を張ったということなのだから、少なくとも何かはあるってことだ。

「しかし……結界魔法というものはかなり高度なものですから、扱える人間なんてあまりいないのですが……」

「人間じゃないってことでしょ。もう確実ね」

「ああ。ここには魔人族の何かがある。なんせ、わざわざ魔人族が丁重に守っているんだからな」

何もない場所に、結界を張ったりだとか魔物を配置したりはしない。

少なくとも、ここに何かがあるのは確定してしまったわけだ。

「結界が張られているということは、どこかに境目があるはずです」

そう言いながら、エイラは前に進む。

「どこかで突然、魔力を感じる場所が出てくると思うのです」

境目、か。

結界ということなのだから、境目があるのは当然と言える。

しかし外に一切の魔力を漏らさないほどの高度な結界を張れるだなんて、考えるだけでも恐ろしい。

もしかしたら、何も知らない人間がここに迷い込む可能性だってあるというのに。

俺はそんなことを考えながら、薄暗い洞窟の中を進む。

「意外とこの洞窟、浅くはないんだな」

「らしいね。といっても、構造は複雑じゃないからまだマシだけれど」

もしこれで構造までもが複雑だったら、普通に迷っていた可能性だってある。

万が一洞窟内で迷ってしまったら、助けを求めるのだって困難だろう。

「……変わりましたね」

エイラがぼそりと呟く。

そして、確かに俺も何かが変化したのは感じ取った。

「ここが恐らく結界の境目でしょう。突然魔力を感じるようになりました」

「なるほどな……魔力とかよく分かっていない俺でも、何かが変わったのは理解した」

魔力に疎《うと》い俺が理解できるほどなのだから、相当のものを結界で隠していたのだろう。

しかし、改めてここに万が一にも一般人が迷い込んだら……と思うと恐ろしい。

「この魔力の波長は……人間のものではないですね」

「そんなことが分かるのか？」

洞窟を進んでいると、エイラが気になることを呟いた。

魔力の波長、ってのがよく分からないけれど、何かを感じたのだろうか。

俺が小首を傾げると、エイラが指を立てる。

「魔力の波長というのは、簡単に言えば血液型のようなものです。人間と同じで型がいくつかあるのですが、今回感じたものは人間にはない型のものでした」

「なるほど、そんなのがあるんだな」

魔力なんて分からないからあれなんだけど、色々とあるようだ。

ともあれ、これでここが魔人族がいた場所だとほぼ確定で分かったようなものだ。

俺はふうと息を吐いた後、奥を見据える。

「奥にいそうか、あいつは」

俺がエイラに尋ねると、彼女は横に首を振った。

「分かりません……確かに魔力は感じるのですが……少し弱いような気もして……」

「行ってみたら分かることよ。考えるのは後々」

そう言いながら、アンナが先に進んでいく。

確かにそうかもしれない。

色々と考えすぎてしまっていた節は確かにある。

「そうだな。行ってみたら分かることか」

「ですね。行きましょう！」

なんてことを言いながら、俺たちは奥へと進んでいく。

しばらく暗がりが続いていたのだが、ふと何かが見えた。

「あれは……明かりか？」

俺が先を見据えながら言うと、アンナたちも倣うように眺める。

「確かに明かりだね。警戒した方が良さそう」

「ですね。万が一……のことだって、この場所ならありえると思います」

アンナは剣に手を当てる。

確かにそうだ。ここは魔人族が逃げ隠れた場所。

特にここまで今も魔人族が潜んでいるであろう証拠が挙がっているのだ。

油断なんてする暇はない。

俺もふうと息を吐いた後、覚悟を決める。

「行こうか」

明かりがある方向へと進み始める。

どうやら、壁に魔力で動くランプがいくつか設置されているようだ。

しばらく進んでいると、一つの扉が現れた。

「こんな場所に扉があるなんてな。さて……」

俺は扉に背中を預け、いつでも魔法を発動できる準備をしておく。

アンナも剣を引き抜き、俺の隣に立った。

「この先にいる可能性は大いにあります。わたしも準備はできました」

エイラは扉に耳を当てて、目をつぶる。

「音は……聞こえませんね。ただ、わたしたちが侵入したのがバレているのであれば……罠《わな》の可能性だってありえます」

「だよな。まあ開いてみたら分かることだ」

そう言って、ドアノブに手をかける。

「行くぞ……！」

俺は声を殺し、二人に合図を送る。

同時に、勢いよく扉を開いた。

「《ブレイド》——いや、いない……な」

俺は魔法を発動しかけるが、すぐに解除をする。

扉の先には、小さな部屋があった。

といっても、生活感はなく机と椅子がある程度だが。

「この部屋が一番魔力の反応が大きいです……ですが何もないだなんて……」

エイラが周囲を見渡しながら、口に手を当てている。

「何もないのがそんなにおかしいことなのか？」

「はい……普通は魔力を発する何かがあるはずなんです。人物だったり、物だったり」

エイラは唸りながら答える。

「だけど、ここには何もありません。つまり……その人物がいた跡だけであれほど大きな魔力を発していたわけです」

「人間じゃないんだよな？」

「ええ。間違いなく魔人族です。断言してもいいです」

「なるほどね」

俺が頷くよりも先にアンナが首肯し、近くにあった机に手を置いた。

そこには、何かの書物が置かれている。

アンナは手に取り、パラパラとめくってみせた。

「恐らく、これを見ればここに誰がいたか分かると思う。だってこれ、日記帳だからね」

日記帳……か。

それが確かなものなら、誰が書いたのかハッキリするかもしれない。

「……サインがあるね。『アグ』って書いてる」

「なら、間違いないな」

「そうですね。もう確定で大丈夫でしょう」

「しかし日記帳か。そういうこともするんだな」

俺はアンナが手に持っている日記帳を見ながら、そんなことを呟く。

正直、あまり信じられないでいた。

俺たちにとって魔人族は王国を滅ぼそうとしている悪であり、敵である。

だけれど、日記を書くだなんて人間らしいことをされたら違和感しか覚えない。

ともあれ魔人族と言うが、魔族は人間と近いものがあると聞いたことがある。

実際に見たことのある魔族が魔人族だけだから断言はできないが、人間と同じようなこともするのだろう。

「内容は……気味が悪いかな」

そう言って、アンナが読み上げていく。

「キメラの作成方法や……魔物を操る方法……それについての考えみたいなのが日記形式で書かれているっぽい」

「日記とはいえ、書いていることは色々と逸脱《いつだつ》していますね……」

「敵だからな。それくらい邪悪なことを書いていて貰わないと逆に気味が悪いだろ」

俺は嘆息しながら、壁に背中を預ける。

キメラの作成方法といえば、俺たちは一度キメラと相対したことがある。

魔物が人工的に合成され、生み出されたもの。

文字にしてみると、あまり良いものではない。

通常なら考えもしないものだ。

まあ、アグにとってはどうだっていいのだろうが。

「……ねえ。なにこれ」

「どうした？　何か変なことでも書いてあったのか？」

「大丈夫ですか？」

アンナが口を押さえて、日記帳を落とした。

「嘘……何かの冗談じゃ……」

「本当に大丈夫か？　何が書いてあったんだ」

俺はアンナのもとに駆け寄り、落とした日記帳を拾う。

アンナがここまで動揺するのなんて見たことがない。

体調が悪い……わけでは決してないはずだ。

拾った日記帳を広げ、書いている内容を見ていく。

キメラの作成方法や日々の記録……それから。

「王都の破壊計画……だと……？」

あるページで俺の手が止まる。

王都の破壊計画って……マジで言っているのか？

思考を巡らせていると、エイラが覗き込んでくる。

「これ……ヤバいんじゃないですか？　日付、明日じゃないですかこれ」

エイラが指さしたところを見てみると、確かに計画実行日が書かれていた。

明日だ。何度見たって明日の日付が記されている。

「待ってくれ。それに、これ。計画で扱うものも書かれている」

ミスリルと火薬を合わせた……精霊火薬による破壊。

「誰か精霊火薬って知っているか？」

「……知ってる。ミスリルは万能の鉱物って言われててね。調合に使うと飛躍的《ひやくてき》に能力が向上したりするの」

そう言いながら、アンナが口に手を当てる。

「かなり強力な火薬よ……あんなの喰らったらひとたまりもない」

「それを……王都の破壊に使おうとしているのか……」

アグの飄々《ひょうひょう》とした態度が未だに掴《つか》めないでいたが、まさかこんな酷いことを考えていただなんて。

しかし、ともあれだ。

「今すぐに王都に戻らないとまずい。今すぐだ」

第九章――俺たちは決着をつけると決めた

「お前……アグって言ったか。お前はどうして僕なんかに手を貸すんだよ」

イダトは王都へと移動する馬車に乗り、正面に座っている男――アグに声をかけた。

アグは楽しそうに笑みを浮かべながら足を組んでいる。

自分に対して上からな姿勢に関して言えば、心底ムカついてしまうが今は諦めもついていた。

「良い質問だな。確かに、底辺にまで落ちたお前なんかに手を貸すだなんておかしな話だ」

「……ちっ」

イダトは舌打ちをして、背もたれに体を預ける。

「さっきも言ったが、オレは王都を破壊したくてね。理由は……復讐だよ。そういう意味ではお前と同じだな」

「なんで破壊なんか」

正直、イダトにとって理由だとかは興味がなかった。

強《し》いて言うなら反射的に出てきた言葉であり、社交辞令のようなものである。

「そっちの方が燃えるだろ？　せっかくの復讐なんだ。一発大きな花火を上げたいとは思わないか？」

「趣味が悪いな。だが、悪くはない」

イダトは大きく息を吐き、腕を組む。

王都の破壊……まあそれがもし成功するのならば、自分にもメリットはある。

なんせ、王都はリッターが拠点《きよてん》としている場所なんだ。

きっと、リッターにとって大切な人もそこに暮らしているだろう。

破壊できるのならば……嬉しくないわけがない。

「しかしどうするんだ。王都の破壊だなんて……正直無茶な話だとは思うんだけど」

当然の疑問である。

簡単に言っているようではあるが、場所は王都なのである。

そこら辺の村を破壊するのとはレベルが違う。

「ミスリルと火薬を合わせた精霊火薬を使用する。だけれど、それだけじゃ少し心細いから――秘密兵器があるんだよ」

アグはにやりと笑い、一つのネックレスのようなものを取り出した。

「なんだそれ……？　何か……石の欠片《かけら》か？」

ネックレスの先には、石の欠片のようなものがくくり付けられていた。

何の変哲《へんてつ》もない、ただの石にしか見えない。

秘密兵器と言うにはあまりにもちゃちだ。

お守り程度のものを秘密兵器と言われても反応に困る。

「お前には分からないか。しかしこいつには人智《じんち》を超越した力があってね、持つだけで自身の能力が格段に上昇する——それこそ賢者に近しい力を得ることができるんだ」

「これがか？　何かの魔法石とか……には見えないけれど」

疑問であった。

こんな石の欠片を持つだけで、半端じゃないほどの力を扱えるようになるだとか。

正直信じられない。

「大マジだぜぇ？　どんな素人でも、たちまち賢者のような力を使えるようになるんだ。賢者が作ったパズル……その一つなんだからなぁ」

そう言って、アグはイダトにネックレスを投げ渡す。

イダトは受け取る——瞬間のことだった。

「……!?　なんだ、これ」

ネックレスを握った途端に、体の奥底が熱く震えるのが分かった。

信じられないことなのだが……今まで感じたこともないような力を感じる。

イダトが驚いた表情を浮かべていると、アグはにやりと笑った。

「すごいだろ？　お前にやるよ。だからしっかり働いてくれよぉ？」

アグはくつくつと笑いながら、ちらりと窓の外を眺める。

そろそろ王都だ。

倣うように外を眺めると、王都の街並みが見えてきた。

今から、自分は復讐をするんだ。

「さぁ、気合いを入れていこうぜ。せっかくの復讐なんだ。楽しまなくちゃあもったいないぜ？」

「ああ……感謝するよ。アグ」

◆

「これが精霊火薬だ。お前にもやるよ」

王都内、時計台の頂上にて。

アグはイダトに精霊火薬を手渡した。

現在は夕方であり、空はオレンジ色に染まっている。

「ああ。貰っておく」

イダトはこくりと頷き、精霊火薬を受け取った。

これから復讐が決行される。

自分にとって、運命の日とも言えよう。

自分は、リッターによって全てをめちゃくちゃにされた。

だから、自分はリッターの人生をめちゃくちゃにする権利もあるはずだ。

「それにしても綺麗な夕焼けだぜ。これから、もっと赤くなる」

時計台に座ったアグは、笑いながら言う。

「お前も楽しみだろ？　なあ？」

「もちろんだ。絶対に……リッターは殺す」

イダトはぎゅっと精霊火薬を握り、唇を噛みしめた。

「いいねぇ、その顔だよ。一番美しい顔をしている」

そう言って、アグは立ち上がる。

「……リッターたちが来ているな。まさか感づいたか」

「リッターが来ているのか!?　本当に言っているのか!?」

彼の名前を聞いた瞬間、イダトは慌ててアグの肩を揺さぶる。

今すぐに戦いたい。

今すぐに戦って、今すぐに殺してやりたい。

「まあ待て。まずは精霊火薬だ」

「……分かってるよ！　ったく！」

イダトは悪態を吐きながら、屋根を蹴る。

さっさと殺してやりたいのに。

「しかし……成長したようだなぁあいつも。そろそろ相手してやらねえとなぁ」

言いながら、アグは屋根に手を置く。

「それじゃあ行こうぜイダトさんよぉ？　精霊火薬がどんなものか見せてやるよ」

◆

「……もう少し掛かるって！　夕方なのに！」

アンナが御者さんに確認を取ったようで、汗を滲ませながら俺たちに伝える。

洞窟内でアグのしようとしていることが発覚し、急ぎで王都に向かっているが……あまりにも距離が離れていた。

もう外は夕方。

とうに日付が変わって実行日は来てしまって、なんなら日が沈もうとしている。

「御者さんは何か言っていたか？　恐らく王都と連絡が取れる魔道具は持っているだろう？」

「うん。一応確認は取ってみたらしいけど、まだ何も……だけど！」

「分かってる。時間はないからな」

冷静であろうとしてはいるが、俺は明らかに動揺している節があった。

アグが本当に実行しようとしているのかは分からない。

だけど……過去のことを鑑《かんが》みるとおかしくはないことだ。

「王都が見えてきました……！　そろそろです！」

エイラが窓の方を見て立ち上がった。

どうやら王都までもう少しのところまで来たらしい。

「御者さん！　急いでください！　お願いしま――」

エイラが叫ぼうとした刹那のことだった。

「なんだ……今の音……」

何か、爆発音のようなものが鼓膜《こまく》を震わせた。

俺は半ば呆然《ぼうぜん》としていたのだが、エイラが更に声を出した。

「何かが爆発しました……！」

「は……!?　本当かよ……!?」

慌てて窓の方を見ると、確かに王都からは煙が上がっていた。

本当に……やりやがった……！

「御者さん！　急いでください！　いいから早く！」

俺の心臓は早鐘を打っていた。極度の不安と焦りで嫌な汗も流れてしまっている。

「俺たちはここで降ります！　御者さんも早く逃げてください！」

やっと王都内城下町に入った俺たちは慌てて馬車から飛び降り、御者さんに外へ逃げるよう促す。

町は喧噪《けんそう》に包まれており、数多くの人間が外へ出ようとしていた。

兵士たちが避難誘導をしている。

「爆発は……あそこよ！」

アンナが爆発した方角を指さし、慌てた様子で俺の手を握る。

「早く行こう！　これ以上は……だめ！」

「分かっている！　エイラも大丈夫だな!?」

「もちろんです……！　行きましょう！」

まだ町内部で爆発したのは一カ所だけだ。

煙が上がっているのは恐らく……時計台からだろうか。

時計台と言えば、王都の中心の広場である。

あんな場所を狙われたら、死者だって出てもおかしくはない。このままじゃ……全てが手遅れになってしまう。

「これ以上は……っ!?」

刹那、正面の家屋から爆発音が響く。

爆風に体が押し倒され、俺は地面を転がった。

「大丈夫!?　きゃっ……!」

「精霊よ、我々を守りたまえ——《城壁》!」

更なる爆発が発生する直前に、エイラが正面に壁を生成した。

アンナは転げてしまうが、防御魔法によって怪我は負っていないようである。

俺はどうにか立ち上がり、アンナに手を差し出した。

「あ、ありがとう」

「気にすんな。……っていうかマジかよ」

「ひ、酷いです……」

爆発した家を見て、俺は言葉を失ってしまう。

こんな……関係のない人まで巻き込みやがって……。

「絶対……許さねえ……!」

拳を握り、唇を噛みしめ。

俺は憎しみを叫ぶ。

「ミスリルと火薬を調合した精霊火薬ってのは素晴らしいものだなぁ。そうは思わないか？　リッターさんよぉ？」

声がした方を見る。

瓦礫の上。

そこには、くつくつと笑うアグの姿があった。

彼の手には、キラキラと輝く宝石のようなものが浮かんでいる。

「ああ？　これか？　これはさっき言った精霊火薬だよ。綺麗だろ？」

アグは自慢げに鼻で笑う。

が、俺は彼の答えに反応することはない。

「アンナ、エイラ」

「分かってる」

「ええ。言いたいことは理解してます」

俺は《絶対零度》を発動する。

同時に、エイラが《ファイガ》を。アンナが剣を引き抜いた。

《絶対零度》はすさまじい速度で地面を凍《い》てつかせ、アグに直進していく。

エイラが放った魔法と同時にアグに到達――刹那、アンナも彼に飛びつく。

間違いなく一撃は与えた――そう思ったのだが。

「きゃっ!?」

ガキンと金属音が響いたと同時に、剣を放ったアンナが弾かれる。

「アンナさん——ううっ！」

咄嗟にエイラが彼女をキャッチするが、衝撃に耐えきれず尻餅《しりもち》をついた。

「大丈夫か!?」

俺は駆け寄ろうとする。

だが。

「っ……！」

アンナたちに伸ばした手は、突如現れたアグの右手に掴まれる形で二人に届くことはなかった。

いつの間に……ここまで移動してきたんだ……？

距離は……かなりあったはずなのに。

一瞬で俺の隣まで……。

「ったく、甘いねぇ。せっかく相手してやるんだからもっと努力しなきゃなぁ？」

「アグ……！」

「オレはさぁ。正直こいつらくらいなら殺すことだってできるんだぜ？　どうするよ、殺したら」

「お前……本気なのか——ううっ……!?」

俺の腕を掴んだまま、アグはにやにやと笑った。

骨を砕くんじゃないかと思ってしまうほどの力で腕を握られたもので、思わず呻《うめ》きが漏れる。

「させないっ……！」

「おっとっと」

すかさずアンナが剣を振るい、アグを一度退かせる。

俺は痛む腕に《治癒》を発動する。

痛くはなくなったが……この感じ、やはり骨を砕かれていた。

「アンナ……ありがとう！　エイラは大丈夫か!?」

「だ、大丈夫です……！」

エイラはふらふらと立ち上がり、肩で息をしながら言う。

見た感じ怪我をしているようだ。

今すぐに回復をしなければ……！

「危ないなぁ……ったく。オレが何もしなかったらすぐイキがる。嫌だねぇ人間は」

アグは指をポキポキと鳴らしながらこちらに近づいてくる。

「つくづく吐き気がする。やっぱ殺すか、ここで」

刹那、アグがナイフを取り出した。

「オレのとっておきを教えてやるよ。それはお前ら人類によって失われた――紅血魔法《こうけつ》――」


アグは己の腕にナイフを当て、肉を切った。

そこから溢れ出る血液――大量の赤が地面にしたたり落ちる。

だが、それで終わりじゃなかった。

血液は次第に紅く輝き始める。

なんだ……あれ……。

「紅き鉄血よ、生命を刈《か》り取る刃となれ――《鉄血兵刃《てっけつへいじん》》」

そして――血液は刃となった。

「紅血魔法――それは血液を操る魔法……どうだ？　ビビったか？」

アグは血液で作られた大鎌《おおがま》を持ち、くつくつと笑う。大鎌の表面には、数多の髑髏《どくろ》がうごめき、さながら心臓の鼓動のように脈打っている。

「見えるだろ、この髑髏共が。こいつで刈り取ってきた生命がこうしてうごめいているんだ。面白いだろ、これさぁ」

あれが……紅血魔法……。

「見たことも聞いたこともない……なんて下衆《げす》な魔法……」

「わ、わたしも知りません……！　こ、こんな魔法があるだなんて……」

アンナたちも知らないってなると、本当に未知の魔法だな。

能力自体が未知数ではあるが、血液を自在に操れるだなんて想像するだけでも恐ろしい。

「まずは女どもから……って思ったが、思い出したわ。そうだったそうだった」

彼は頭をかきながら、俺のことを睨めつけてくる。

にやりと笑い、大鎌をこちらに向けてきた。

「時期が来たら戦ってやる……って言ったよな。オレは約束は守るんだ。だからリッターさんよ、お前から殺してやるよ」

「ははは……嬉しくねぇ……」

俺は嘆息しながら、額に手を置く。

しかし……こいつは止めなければならない。

これ以上王都がヤバくなるのは防がなければならないのだ。

「やってやるよアグ。俺が相手だ」

「いいねぇ……そうこなくっちゃ面白くないからなぁ！」

俺は絶対にこいつを止める。

相手が格上だろうが関係ない。

「やってみろよ、リッターさんさぁ？　勝つんだろ？　オレに」

「ああ……覚悟はできている！」

俺は一呼吸置き、手のひらを前に突き出す。

集中――集中しろ。

「《聖者の剣》」

そう言って、俺は剣を魔法陣から取り出す。

これでアグと渡り合えるかどうかは未知数ではあるが、大鎌に対して剣を持つのは妥当であろう。

魔法が使えるとはいえ、素手で戦うには少し不利すぎる。

「いい剣だなぁ。確か前にも見たっけか？」

アグは大鎌を振るい、にやりと笑う。

「ああ。お前には使ったことないけどな」

「いいじゃんいいじゃん。強くなったねぇリッターさんはよぉ。オレもテンション上がっちゃうわ」

飄々とした態度で肩を揺らす――刹那。

アグの体が一瞬にして消えた。

「っ――!?」

だが、すぐに理解する。

消えたんじゃない。一瞬で俺の懐まで距離を詰めてきたんだ。

俺の首を刈り取ろうとする大鎌に対し、俺は咄嗟に剣を振るう。

鈍い音とともに衝撃で髪が揺れる。

どうにか防ぐことには成功した……が、パワーでこちらが負けているのは分かる。

剣を持つ手がアグの力に負けて震えていた。

「はぁぁぁぁっ!!」

力負けはしているが、必死の思いで相手の武器を弾く。

くっそ……こんなことになるなら強化魔法の一つくらいは覚えておいた方がよかったかもしれない。

「ははは！　そんなものかぁ？　リッターさん？」

だけど、考えがないわけではない。

人間というものは知恵を振り絞って戦うものだ。

自分が持ち合わせている駒《こま》で戦うしかない。

「試してみるか……前から気になっていたことがあるんだ……」

「ああ？　なんだぁ？　負けそうになっていよいよ変なことを言い出したなぁ？」

「簡単なことだ……応用だよ……魔法を少し変わった使い方をするんだ……」

簡単なことだけど、今まで魔法の応用はしてこなかった。

俺は転生したとはいえ、心は引きこもり時代と同じだ。

新しいことに、未知のことに挑戦するのが怖い。

だからしてこなかった……けれど、今はそんなことを言っている場合じゃない。

「《雷電》」

俺がそう唱えると、雷鳴が周囲に轟《とどろ》く。

こいつはあくまでイカズチの上位魔法──だから、相手に強力な打撃を与えるというものだろう。

そして、それは予想通りだった。

「なんだよそれ！　お前の魔法技術じゃあオレには打撃なんて与えることができないんだよ！　《絶対零度》も……《雷電》も……！　お前は未熟すぎるっつってんだよぉ！」

アグは嘲笑《ちょうしょう》する。

だけど──これを応用する。

「俺は今まで魔法を『ただ発動』することしかしていなかった。だけど、まだ俺には可能性があると思っている」

「はぁ？　どういう意味だよ」

同じ技術でも、使い方によっては違う効果を生み出すことがある。

それは現実でもゲームでも経験して理解しているつもりだ。

もちろん、元引きこもりの俺が言えたことじゃあないかもしれないが。

俺は息を吐き、集中する。

《雷電》の効果で周囲には雷鳴が轟いている。

応用するんだ、この《雷電》を。

「知ってるかアグ。雷ってのは秒速何キロで地面に到達するのかを」

俺は剣をアグに向け、にやりと笑う。

「学生時代の教科書に載っていたんだが……秒速百五十キロらしい」

「……なんだぁ？　それがどうしたって言うんだ？」

「もしかしたらお前が俺に迫ってきた速度よりも――」

《雷電》と発する刹那、轟音が響く。

それと同時に、俺は一瞬にしてアグを剣で斬りつけていた。

相手との距離は五メートルほど。

その距離を、秒速百五十キロ――雷の速度で移動した。

「俺の方が――速い」

一瞬にしてアグに迫った俺は、ぼそりと呟く。

「なっ……!?」

アグは目を丸くする。

が、すぐに自分が俺によって斬りつけられたことに気がついた。

「なぁぁぁぁぁっ……!?」

彼はよろめきながら、自分の胸に視線を落とす。

「斬られた……このオレが……!?　なんだよあの速度……！」

「嘘……でしょ!?」

「本当に魔法を応用しました……!?」

アンナたちも声を上げる。

俺は苦笑しながら頭をかく。

「ははは……本当にできるとは思わなかった……」

自分でもかなりの賭《か》けであった。

本当にできるかも分からない机上《きじょう》の空論だった。

だが、どうやら運は俺の味方をしてくれたらしい。

俺はもう一度剣を構え、膝をついたアグに詰め寄る。

「……どうする？　アグ」

そう言うと、アグは舌打ちをして睨めつけてきた。

「やるねぇ……リッターさんよぉ……困ったなこりゃ……」

彼は胸に手を置き、肩を竦める。

「あの速度……対処できないかもなぁ……困った困った」

「アグ、さすがにこれは罪が重いぞ」

「分かってるさ、分かってる。だからこのまま捕まったら本当に困るんだよなぁ……」

「ああ。だから――」

そう言おうとした時のことだった。

「《赫棘《かくきょく》》」

アグの胸から流れ落ちていた血液が、棘《とげ》となって俺へと向かってきた。

突如として放たれた血液の棘が、俺の肩を抉《えぐ》る。

咄嗟に避けようとしたが……少し間に合わなかった。

俺は肩に手を当て、《治癒》を発動する。

「……危なかった」

即死してしまう可能性だってあった。ある意味運がよかったとも言える。

俺は半ば安堵しながら、治療が完了した肩をさすった。

「くっそ……オレもオレで賭けだったんだが……肩を抉っただけか。しかも治されちまったしよぉ」

アグは頭をかいて、大きく息を吐いた。

面倒くさそうに笑いながら、俺を睨めつけてくる。

「負けだ負け。そもそもオレはあまり戦うのが得意じゃないんだ。たっく、最期がこれじゃあ格好が付かないな」

「あなたは絶対に死なせないわ。絶対に」

「そうです……！」

アンナたちがこちらに駆け寄ってきて、膝をついたアグに声をかける。

「あなたは罪を償《つぐな》う必要があるわ」

そう……彼は罪を償う必要がある。

王都を襲撃したこと、市民の平和を奪ったこと。

過去の復讐だかなんだか知らないが、決してしてはならないことなのだ。

「そうだアグ。今から俺が傷を治してやる。だから一緒に来てくれ」

俺は《治癒》を発動するためにアグに近づく。

一度彼を治療して、それからのことを考えなければならない。

「オレを助けるのか？　良い趣味してんねぇ……」

「……やるべきことをやろうとしているだけだ」

そう言うと、アグは鼻で笑う。

「なんだかなぁ……お前を見ていると思い出す……お前が使う魔法を見ていると蘇《よみがえ》ってくるよ」

思い出す……何をだろうと俺は首を傾げる。

「賢者だよ。昔いた賢者……そいつにお前は似ているよ」

賢者……よく分からないが、恐らく数百年前の話だろう。

似ているか。まあ、俺にはあまり関係ないことかもしれないけれど。

「しかし……悪いなぁ。傷を治して貰っちゃって」

「別にお前のためにやっているわけじゃない」

「そんなこと言うなって。オレは嬉しいんだぜぇ……？」

だけど、と言ってアグは俺を見る。

「それは無意味だばーか！　オレがお前らと一緒に行くわけないだろ！　想定済みだってのー！」

「は……？」

アグは目をかっぴらいて、思い切り叫ぶ。

そしてゲラゲラと笑いながら、空に手を伸ばした。

「お前の番だぜ猛犬がぁ！　最低限作戦はしっかり実行して貰うぞッッ!?」

「何を言って――」

その刹那、目映《まばゆ》い光とともにアグに向かって何かが落ちてきた。

いや――剣だ。

剣が尋常《じんじょう》じゃない速度でアグを貫いた。

轟音が響き、同時に何者かが地面に着地した。

アグを貫いた剣を握り、一人の男が言葉を吐き捨てる。

「『万が一オレが負けたら殺せ』って言われていたんだ。まあ、負けてくれて嬉しいよ」

「……お前!!」

目の前に現れた男——イダトは俺を見る。

「勝っちゃったら、僕が復讐できなくなるからね。会いたかったぞ……リッター!」

イダトは剣を肩に当て、空いている手で髪をかき上げる。

今まで……見たことない表情をしている。

俺をバカにしてきている時だって見せなかった——邪悪な表情だ。

「リッター、気分はどうだ？　もう一度僕に会えて嬉しいだろ？」

「……なんでお前がここにいるんだ。どうしてアグを殺した……！」

「僕がここにいる理由はお前に復讐がしたいから。どうしてアグを殺したかというと僕がこうして今ここに立つことができている礼だ」

そう言って、イダトはにやりと笑う。

「まあ、簡単に言えば協力関係だからだよ。僕も王都を爆破した。そして、これからも壊す」

イダトが指を鳴らす——瞬間爆発音が響いた。

俺が慌てて音がした方向を見ると、黒い煙が上がっている。

「やめろイダト！　何を考えているんだ!?」

「……はは。いいよなリッターは。新しい仲間ができて、新しい居場所もできて。なのに僕はと言えば、父上からは見捨てられ、落ちぶれて」

言いながら、イダトは目を見開く。

「羨ましいよリッター！　だから僕は壊すんだ！　お前の全てを……お前が持っているものを！　そして殺す！　絶対に殺す！　お前の全て、全部殺す！」

ふと、イダトの首にぶら下がっている何かが光った。

あれは……なんだ？

石のようにも見えるが……あんなのイダトは持っていたか？

いや、今はどうだっていい。

イダトは剣をこちらに向けて、にやりと笑った。

「これは僕の復讐譚《たん》だ！　そしてお前は僕の悪役！　最期は惨めに死ぬぅ！　仲間の女どもは見るも無惨《むざん》な仕打ちを受け！　お前はその光景を絶望しながら眺めて死ぬんだぁ！

ふはははははははははは！」

イダトは顔に手を当て、心底愉快《ゆかい》そうにする。

……気味が悪い。あんなことを言うようなタイプじゃなかったのだが。

「ああ笑った！　——さて、女を殺すか」

　刹那――イダトが手のひらを見せた。

「ま、まずい――っっっ!?」

「え……？」

「リッター様……？」

　イダトから放たれた魔法がアンナたちに当たろうとしたのを、俺は咄嗟に飛び込んで庇《かば》った。

「ああっ……やっべぇ……」

　ちらりと、痛む腕を見る。

　しかし――腕は残っていなかった。

　さっきの魔法にまるごと持って行かれた。

「リッター!!!　嘘!?　ええ!?」

「リッター……様!　い、今すぐわたしが……治療を……治療をしなくちゃ……!」

　俺はあまりのショックに膝をついてしまう。

　まさか……持って行かれるとは思わなかったな。

　ああ……クソ痛ぇ……。

「はは……ふははははははは!　やったぞ!　女どもを最初にやるつもりだったが、これはとんだラッキーだ!　リッター自ら自滅《じめつ》したぞぉぉぉ!!」

想定外だ。

イダトは今まで魔法なんてまともに扱えなかったはずだ。

それにやつが俺に敗北してそれほど時間も経っていない――まさかこの短期間で魔法を覚えたのか？

ありえない。俺が使う《ショートカットコマンド》じゃないんだから。

「リッターしっかりして……!? エイラ！ 早く！」

「わ、分かっています……！ 分かっていますよ……！ 癒やしの精霊よ、傷病し者を癒やせ――《ヒール》！」

エイラが俺の傷を癒やそうとする……が、流血は止まろうとしない。

そりゃ……腕がもげてんだからなぁ。

「無駄だ無駄！ お前は負けたんだ！ この僕を前にしてぇ！ さぁ……最後の一撃だ！ 全員死ねぇぇぇぇぇ!!」

そう言って、イダトがもう一度魔法を放ってくる。

「っ……！ 防御態勢に入るわよ！」

「は、はい……！」

アンナたちが俺の前に出て、庇おうとしている。

ははは……みっともねぇ。

「リッターだけでも守るわよ……！」

「……覚悟はできています！」

クソ……どうして俺はこんな無茶な庇い方をしてしまったんだ。

きっと、前世の俺ならしなかったことだ。

何で、と考えてしまう。

けれど、俺はすぐに理解することができた。

俺は怖いんだ。アンナたちが傷ついて、死んでしまうのが。

身近にいる愛する人がいなくなるのが怖くて仕方がないんだ。

そうだ。俺は……彼女たちを守りたいんだ。

転生して今まで、己の欲に忠実に生きていただけだった。

だけど、俺は今になって思う。

仲間を――守りたい。

彼女たちを――仲間を守れず死ぬだなんて。

こんなみっともない終わり方は嫌だ。

俺の前世は悲惨《ひさん》なものだった。

何もなすことなく、ただ実家で引きこもっていただけの人生だった。誇れるものなんて何もない。家族からは疎まれ、俺の存在はなかったことにされていた。

十九時に目が覚めて、母親が作ってくれていた冷えた飯をレンジで温めて、一人で食って過ごす日々。音を出さないように、実家なのに神経を研《と》ぎ澄ませてご飯をかきこんでいた毎日。

だけど。

俺は……変わるって決めたんだ。

転生した時、俺はこう思ったんだ。

(よし。今世では精一杯頑張ろう。後悔しない人生を送るのが第一の目標だな)

あの時の目標を忘れたことなんて一度としてなかった。赤子に転生して抱いた最初の夢は、俺の中で色あせてなんかいない。

そう誓《ちか》ったあの日。転生した先の家族からも否定された日のことは決して忘れてなんかいない。

これは何気ない目標なんかじゃない。

ニートが語る夢物語でもない。

等身大で、現実的で、今の俺が目指せる最大の目標なんだ。

こっちは一回みっともない死に方をした。

二度も……するわけがないだろ!!

「僕の勝ちだ!! リッターァァァァァ!!」

だから——今度は失敗しない。

「《雷光煌《きら》めく一瞬》」

俺がそう呟くと——周囲が真っ白に染まった。

「なっ!?　なんだぁ!?　うあああああ!?」

イダトは悲鳴を上げて後ずさりをする。

「な、なにこれ……嘘……」

「イダトさんから……血が……!?」

そう——今の一瞬で、イダトは電撃によってダメージを受けた。

「……ふう。さっきから賭けてばかりだ。本当に《治癒》ってもげた腕を修復できたんだな」

「リッター!?　さっきの魔法……それに腕も治ってる!?」

「何事ですか!?」

「心配かけたな、すまない」

俺は再生した腕をぐるりと回す。

うん、良好良好。問題なく治ってる。

「どぉ……どういうことだリッター!!　なんだその魔法は!?」

流れ出る血を押さえながら、イダトは叫ぶ。

まあ……そうだよな。

今の魔法は俺も初めて使ったし、今まで持っていなかったものだ。

「応用しただけだ。応用し……変化させた」

今のは《雷電》を更に応用し、昇華《しょうか》させたもの。

魔術理論なんて入っていない頭をフル回転させて、導き出した技だ。

驚きだ……死にかけたら、人間意外と難しいこともできるんだな。

だが——死にかけて何かを掴んだ。

魔法を——更に昇華させるコツを。

「さぁ……セカンドラウンドだなイダト！」

俺は立ち上がり、手のひらで拳を受け止める。

「これで最後にしようぜ！　最後の兄弟喧嘩だ！」

にやりと笑い、イダトを見据える。

「……ふふ。私たちはお邪魔みたいね、エイラ」

「そうですね。この様子だと……わたしたちが間に入っても邪魔になるだけですし」

そう言って、二人が俺の肩に手を置く。

「任せたよ」

「お願いしますね」

「ああ。任せてくれ」

俺はグッドサインを送る。

「きょ……兄弟喧嘩だぁ!?　舐めやがって……こっちはお前らの全てを壊す覚悟で来ているんだ……こんな舐めたことされて……やってやるよぉぉぉ!!」

イダトは剣を振るい、血を流しながら叫ぶ。

「僕が絶対にお前を殺す！　兄弟喧嘩じゃあ終わらせない！」

「いいぜ。やってみせろよ！」

俺はイダトと向かい合う。

覚悟は十分だ。

ここで決着を付ける。

なんだか今なら何だってできる気がするんだ。

「来いよイダト！　かかってこい！」

「ああ……言われなくても分かっているさ！　負けるわけがないだろう……今の僕が！」

イダトが叫ぶと、また一瞬首にぶら下がっている石が光った。

恐らくはあの石がイダトに何かをしているのだろう。理屈は分からないが、今の彼の様子が証明している。

実際イダトは以前と違いかなり強化されているように思う。

ともあれ、俺には関係のないことだ。

それを上回る力を俺が発揮すればいいだけである。

「《剣聖》の力を見せてやるぞぉぉぉぉ!!」

言って、イダトが急接近してくる。

かなりの速度だ。下手すればアグ以上かもしれない。

けれど——もう見切っている。

「《聖者の剣》」

俺はすかさず剣を握る。

相手が放ってきた一閃を同時に防いだ。

ギチチと音を立てながら、お互いの剣が軋《きし》む。

だが、イダトは左手を持ち手から離して俺に向ける。

「《獄炎》だァァ!!」

俺と同じ魔法だ。

俺と同じ、炎の最上位魔法。

イダトの手のひらから灼熱《しゃくねつ》の業火《ごうか》が発生する。

だけど——それはあくまで『ただの最上位魔法』だ。

応用が足りない。

「《炎帝《えんてい》の導き》」

咄嗟に持っている剣を離して――《獄炎》の応用魔法を発動する。

俺の右手から青い炎が糸のように放たれ、一瞬にしてイダトの《獄炎》を包み込んだ。

瞬時にイダトの炎は俺の魔法によって収束し、消滅する。

「なっ――クソがッ！　《絶対零度》ッッッ！」

イダトも剣を離して魔法を発動する。

だけど、それも『ただの最上位魔法』だ。

「《零氷悠久の輪舞《れいひょうゆうきゅうりんぶ》》」

《絶対零度》が地面を伝い、俺へと直進してくる――だが。

俺の魔法は周囲を凍てつかせ、幾千もの鋭い氷が地面から芽生えて《絶対零度》を破壊していく。

そう――相手の魔法を全て無効にしたのだ。

それだけじゃない。

「くっ――うあああああああ!?」

地面から生えた氷が、イダトの右腕を凍てつかせる。

イダトは慌ててそれから逃れようとするが、完全に凍った氷は腕を離さない。

「離せ……！　クソ……離せ……！　こんな氷……僕の力で破壊してやる……！」

イダトは何度も左手で氷を殴る……が、ヒビすらも入らない。

焦った様子でイダトは《獄炎》を発動して氷を溶かし、地面を転がって自分の剣を掴む。

「舐めやがって舐めやがって舐めやがって！　こんな……惨めな負け方をするわけにはいかないだろ……！　僕が……僕が負けるわけがないだろう……！」

そう言って、イダトが乱暴に剣を振るいながら迫ってくる。

ああ……もう分かった。

もう、決着は付いた。

「リッター！　やっちゃえーー!!」

「やっちゃってください！　いけーー!!」

俺は胸に手を当てて、目を瞑る。

これで……もう終わりにしよう。

「《斬影刹那《ざんえいせつな》》」

ブレイドの応用魔法──《斬影刹那》を発動する。

言葉を発したと同時に、幾千もの斬撃が空間を切り裂いた。

イダトが持っている剣を切り刻み──そしてイダトすらも斬った。

「あがっ……嘘だ……僕が……どうしてっ……！」

体中から溢れ出す血を眺めながら、イダトは倒れる。

「や、やったーーーー！　勝った！　勝ったよリッターが！」

「やりましたー!!　リッター様!!」

ずっと眺めていた二人が俺の方に向かって走ってくる。

そして、ぎゅっと俺の体に抱きついてきた。

「うおっ!?」

勢いに負けて、俺は思いきり倒れてしまう。

けれど、二人は抱きついたままだ。

「よかった……勝ってよかった……！」

「本当によかったですぅ！」

あはは……でも、実際二人はすごく不安だったと思う。

少し心配かけすぎちゃったかな。

俺は頭をかきながら、二人を見る。

「もう大丈夫だ。終わったよこれで」

本当に……長い兄弟喧嘩だった。

まさかこんなことになるだなんて思わなかったけれど、とにかく全てが終わって本当によかった。

「リ……リッター……聞こえているか……」

俺が安堵していると、地面に倒れているイダトがこちらに話しかけてきた。命乞《いのちご》いだろうか……とも思ったのだが、どうやら違う雰囲気である。

イダトの方に俺は歩み寄り、倒れたイダトに耳を貸す。

「僕は……やっと分かったんだ……今、死にかけて、冷静になって、やっと理解したんだ……」

彼は仰向《あおむ》けになって、血まみれの体で息も絶え絶えな様子で声を震わせた。

「僕はお前が憎くて憎くて仕方がなかった。けれど……恨むべきは父上だったんだ……結局僕は父上の考えに毒されて、ずっとお前のことを馬鹿にして……挙げ句全てお前のせいにして……」

イダトの目からは涙が滲んでいた。彼は唇を噛みしめながら、右腕でなんとか涙を拭う。

「お前は本当に強い……僕の負けだ。ごめん……今まで迷惑かけてばっかで……！」

まさか彼の口からそのような言葉が出てくるとは思わなくて驚いてしまう。けれど……

俺は少しばかり笑ってしまった。

「いいんだ。ほんと、最悪な父親を持ってしまったよな俺たち」

ある意味彼も、アルタール伯爵の被害者とも言えるのかもしれない。あの身勝手な父親のせいで俺たちの人生は狂ってしまったのだから。

「謝ってくれてありがとな。嬉しいよ」

そう言って、俺はしゃがんでイダトに手を伸ばす。すると彼は目を丸くするが、すぐに俺がどうして手を差し出したのか理解したようだった。

「仲直りな」

「ありがとうリッター……」

俺とイダトは握手を交わす。イダトは安心したような表情を浮かべたかと思えば、手の力が抜けていった。俺と握手を交わしていた手が、ぱたりと地面に落ちてしまう。

これで終わったんだ……俺たちの因縁《いんねん》は。

俺は大きく息を吐き、ゆっくりと立ち上がった。

エピローグ

「まさか国王様に呼び出されるなんて……！　これはもしかしなくてもご褒美貰えるんじゃない？　たとえば……国家直属の冒険者になってくれないかーってお願いとか！」

「ワンチャンありますよ！　国家直属冒険者になれる可能性大では!?　ワクワクしますね！」

宮廷へと続く道を歩きながら、アンナたちがわいわいと騒いでいた。

二人はもうドキドキして仕方がない様子である。やれやれ、あまり期待しすぎてもよくないとは思うが……ともあれ、それが彼女たちの夢なのだ。ドキドキしてしまうのも理解できる。

イダトはというと、治療後拘束《こうそく》して宮廷へと引き渡した。

色々大変なことにはなると思うが、あいつにはしっかり反省してもらわないといけない。

それで、国にこれまであったことを全て話した結果、お礼がしたいと国王様自ら俺たちを宮廷へ呼び出したのだ。

夢が叶うかもしれないということもあり、そりゃもう大騒ぎである。

全く、一番落ち着いているのが俺ってどういうことだよ。

「落ち着けって。行ってみたらすぐに分かるさ」

でも……本当によかった。

王都の各所がアグたちによって爆破されたが、奇跡的に死者は出なかったようだ。

復興にはまだ時間はかかるだろうが、まあなんとかなるだろう。

「そろそろだな。んじゃ、行こうぜ」

宮廷が見えてきたと同時に、俺は二人に向かって声をかけた。

◆

「お主たちには本当に感謝しておる。多数の死者が出なかったのも、全てお主たちのおかげだ」

王の間にて。

俺たちは膝をついて、国王様の声に耳を傾けていた。

なんだかいつもよりも緊張してしまっているような気がする。

「リッター、アンナ、エイラ。お主たちは我々のヒーローだ。頭をいくら下げても足りない」

そう言って、国王様が頭を下げようとする。

「あ……そこまで……！」

俺は慌てて止めようとするが、国王様は深々と頭を下げた。

あはは……恐れ多いな……。

「して……お主たちには褒美を授けなくてはならないな」

国王様がそう言うと、アンナたちがあからさまに目を輝かせた。

褒美か……やはり直属の冒険者に任命するとかそんな感じなのかな？

でも、アンナたちの夢が叶うなら俺は嬉しい。

俺がパーティに入った理由も二人の夢を叶えるためだしな。

「お主たちへの褒美はこれだ」

「え……？」

「ん……？」

「むむむ……？」

しかし、想像していたものとは百八十度違った。

国王様が手に持っているのは——ただの石だ。

でも……あれはイダトが持っていたものと似ているような。

なんて思っていると、国王様が答えを出す。

「これは『賢者のパズル』——その一欠片だ。リッターなら気がついていると思うが、これはイダトから回収したものである」

「賢者の……パズル……？」

あの石に名前があるのか？

だけど、どうして石が褒美になるんだろう。

「『賢者のパズル』。これは過去に存在した賢者が生み出したものであり、一欠片でも所持しているだけで強大な力を発揮することができるものだ」

「……だからイダトが」

イダトが強大な力を操っていたことに納得がいく。

普通ならありえないことだった。

短期間では絶対に到達できない領域の魔法を操っていたのだ。

あれが賢者のパズルがもたらしていたもの……だとすると理解できる。

「ここからが本題だ。お主たちに頼みたいことがある」

そう言って、国王様が俺に賢者のパズルを手渡す。

「『賢者のパズルの回収』改め『完成』を目指してほしい」

「か、回収……ですか？」

「ああ。実のところ……過去の戦争により、世界各地に賢者のパズルが散らばり、そして各地の力ある者が持っていると推測されている」

国王様は続ける。

「このアイテムを知っている人間は一部しかいないため、表には出ていない。だがこの事実を知っている者、あるいは知らなくても無自覚に使っている者が悪事を働いている。今回の……アグにも繋がってくるのだがな」

なるほどな。

アグはつまり、賢者のパズルと理解してイダトに渡していたってことか。

しかし……こんなものが存在するだなんてな。

「つまり、お主たちには賢者のパズルによる悪事の阻止《そし》、そして奪還《だっかん》を目指してほしい。頼まれてくれるな？」

そう言って、国王様は俺たちに視線を向ける。

ははは……なんていうか、想像した褒美とは全く違ったけれど。

しかし断るわけにもいかない。

実際にアグやイダトのような者が各地にいるとなると、それはもう大問題である。

国王様は俺たちを強く信頼して頼んだのだ。

俺たちはその期待に応える必要がある。

「分かりました。任せてください」

「もちろんやります！」

「やります！」

そう言うと、国王様は満足気に笑う。

「ありがとう。本当に頼もしいことだ。期待しておるぞ、三人とも」

◆

「なんか違ったねー……国家直属の冒険者になれると思っていたんだけど……」

「ですねー……でも、すごいことを任されちゃいました……！」

「ああ。責任重大だぜ本当に」

世界各地に散らばった賢者のパズルの回収……それはもう想像するだけで頭がクラクラしそうなものだ。

だけど、実際にもう被害は出ていると思う。

イダトのような力を持った者がいると考えるだけで恐ろしい。

そこにいる人間はもう従うしかないだろう。

「これから俺たちの冒険は……この国だけじゃない、世界だ！　ははは……なんつうか、これからもよろしくな。アンナ、エイラ」

俺が苦笑しながら言うと、二人がぎゅっと手を握ってきた。

「当たり前じゃん！　これからもずっと私たちは一緒だよ！」

「そうです！　永遠に！　永久にですよ！」

アンナたちからの強い信頼を感じる。

……嬉しいな。

前世の俺がこの光景を見たらなんて言うだろうか。

可愛い女の子に囲まれて、しかも親しくしてくれていて。冒険者という職業も手に入れ、更に国家からも重要な仕事を頼まれる。

こんな人生、転生前の俺ではありえなかったことだ。

きっと夢でも見ているんじゃないかって思ってしまうだろうな。

実際、今の俺でもなんだか夢を見ているようで、どこかふわふわとしている。

でも……嬉しい。

これからも頑張ろうって思える。

「国家直属の冒険者目指して――そして世界の平和を守るため！」

「わたしたちはこれからも戦いますよ！」

「……ああ！　もちろんだ！」

そう言って、俺たちは拳を突き上げた。

新たな目標、賢者のパズルの完成を目指して。

この作品に対するご感想、ご意見をお寄せください

【あて先】

〒154-0002
東京都世田谷区下馬6-15-4
(株)コスミック出版
ハガネ文庫 編集部

「夜分長文先生」係
「はにゅう先生」係
「茨乃先生」係

ハガネ文庫

外れスキル《ショートカットコマンド》で異世界最強

～実家を追放されたけど、俺だけスキルの真価を理解しているので新天地で成り上がる～

●

2025年2月25日　初版発行

●

著者：夜分長文
原案：はにゅう

発行人：松岡太朗

発行：株式会社コスミック出版
〒154-0002　東京都世田谷区下馬6-15-4

代表 TEL 03-5432-7081
営業 TEL 03-5432-7084　FAX 03(5432)7088
編集 TEL 03-5432-7086　FAX 03(5432)7090

https://www.hagane-cosmic.com/
振替口座：00110-8-611382

装丁・本文デザイン：RAGTIME
印刷・製本：中央精版印刷株式会社

●

Printed in Japan ISBN978-4-7747-6611-9 C0193

ハガネ文庫